宋詞背後的祕密

唱情歌、論時政，
宋代文青的面貌，
原來藏在宋詞裡！

林玉玫——著

作者序

還記得小時候，我無意間在家裡的書架上發現了瓊瑤女士所寫的小說，一讀之下便深深沉醉其中。於是，我父親開始大量買進其他的瓊瑤小說，雖然母親對於我這麼沉迷於小說，感到有些擔心，父親卻不以為意，因為他認為這些小說中，經常出現古典詩詞，對我或許會有潛移默化的作用。果不其然，在沉迷故事情節之餘，我也對那些詩詞產生了興趣，特別是詞，雖然當時似懂非懂，文意一知半解，也分不太清楚詩詞的差別，只覺得喜歡的作品都是詞。父親見他的判斷（或說是計謀？）正確，又開始往家裡成堆的買《唐詩三百首》、《三李詞集》、《唐宋詞精選》等等，我也就這樣，一點一滴的累積了對詩詞的認識。

中學時，國文課本開始出現詞的單元。還記得當時的國文老師，曾經費了九牛二虎之力，生動白話、詳細完整的把李清照〈聲聲慢〉（尋尋覓覓）解釋一遍。我才突然發現，原來破解了詞表面難懂的文字後，底下所流露出的情感，是那麼動人啊！以往對詞只覺得文字吸引人，或懵懂的覺得有某種意境之美，卻不知最重要的，其實是作者想表達的情感。而這情感往往是不分時代，是所有身為「人」所能了解的共同感受，也是最能感動人之處。

因為有過這樣的讀詞經驗，我才發現這些詞離我們不遠。況且，詞一開始其實是配音樂的歌詞，也是當時流行的歌曲。相信大家都曾有被某首歌的歌詞感動的經驗，因為歌詞寫進了心坎裡，而詞也一樣，其實就是能打動人心的歌詞，只是因為時移世變，現在我們所用的語言和文化，已和當時的人們不同，所以未必能從字面意思上了解詞的意義。但無論時代與文化如何變遷，總有些東西是永遠相同的，經過時間的歷練而留下的文學，就必然存留了某些引起人們共鳴、感動的特色。只要能移開那層面紗，就能看到更豐富的東西。「一沙一世界，一花一天堂」，更何況是一首經典好詞呢？

當然，讀詞的時候，要卸下文字的隔閡，去了解背後的情感，並不只是把翻譯弄懂、意思了解而已，還要知道為什麼詞人會寫出這樣的作品。因為每個詞人的個性、遭遇都不同，自然也會影響到創作，寫出不同的事件，也流露出不同的情感。除此之外，雖然我們要卸除文字隔閡，卻也不能否認詞的文字之美，有些詞使用的文字雖然晦澀難懂、布局錯綜複雜，卻不能抹煞它有藝術的價值、詞人的匠心巧思。所以，能成為一首好詞的條件並不單一，動人的感情、作者出眾的才華或心性、文字的藝術與創意，都有決定性，這也適用於讀其他的文學作品。

這本書就是希望盡量用簡單、輕鬆但把握重點的方式，介紹那些值得一讀再讀的作品、優秀的作者、創作的藝術、詞的發展變化……等，也兼及和詞有關的趣味故事，希望能呈現出詞的多種面貌，畢竟詞不是死板平面的文學，應該是活生生而立體的。此外，詞雖從唐朝開端，歷經五代、宋朝而興盛，宋以後一度沒落，到清初才又復興，但最輝煌的時期是在宋朝。因此本書也以介紹宋朝的詞人、詞作為主，不過詞既然是跨越了幾代的文學，很難完全斷開與前代、後朝的關係，所以書中的內容，也會兼及其他朝代的詞作與詞人，做為更完整的補充。現在，就讓我們一起來進入豐富而多樣的詞的世界吧！

目次

一、為什麼作詞又稱為填詞？

詞，在以前其實是一種音樂文學，「填詞」也和音樂有很大的關係。所以，當我們要講什麼是「填詞」時，還是得先從音樂的部分開始說起，也要說說詞最主要的產生原因。

首先，隋唐之際，天下較為安定了，交通的發達與商業的興盛，促進了中國與其他各國的文化交流，大量的異國音樂傳入，且漸漸地被改編，或與許多中國的民間音樂融合，產生了許多與之前不同的新曲子，然後大量興起。像宋人王灼的《碧雞漫志》卷一中說：「蓋隋以來，今之所謂曲子者漸興，至唐稍盛。」或《舊唐書．音樂志》說：「自開元以來，歌者雜用胡夷里巷之曲。」指的都是這種新興、「混血」的音樂（古人稱之為「新聲」）。當然，在隋唐以前就已經有中外音樂相互融合的情形，我們可以猜測，這就好像現在坊間有許多異國料理，在引進臺灣時，總要做一些口味上的改良，或與我們現有的料理做創意結合，才能被大眾所接受、歡迎。在當時，中外音樂產生融合，大概也有類似這樣的原因，而隋唐以後的安定繁榮，人們對娛樂的需求也相對提高，就更促使了這類的新聲出現。

而詞，就是在這種背景之下產生的。以前這些音樂在流傳時，不像歐洲的交響樂只有旋律，是必須配上歌詞的，我們現在所謂的「詞」這一文體，其實一開始是為了配合這些樂曲所寫出的歌詞。又因為早期這些樂曲多流傳於民間，所以一開始也多是民眾在作詞。像在二十世紀初時，甘肅敦煌莫高窟所出土的「敦煌曲子詞」中，就保留了許多唐五代時的民間詞，題材多樣，也比較口語化、生活化，反映了不少當時的民間生活狀況。像王重民〈敦煌曲子詞集敘錄〉概括敘述敦煌曲子詞時就說：「有邊客遊子之呻吟，忠臣義士之壯語，隱君子之怡情悅志，少年學子之熱望與失望，以及佛子之贊頌，醫生之歌訣，莫不入調❶。」可以見得當時民間詞的豐富多變。而詞雖在民間流行，但也有文人喜愛這些樂曲，開始擬作具有民歌風格的歌詞，不過也有些文人覺得民間詞不夠雅，就自己來進行創作，也開創了日後文人詞的興盛。

所以，我們可以知道，詞的起源和當時音樂的發展有很大的關係，是為了因應大量樂曲的產生，才跟著產生了歌詞。這種狀況是比較特殊的，因為在這之前，樂府詩也是配音樂唱的，但是樂府詩往往是先有了詩作，才有配合的音樂產生，直到唐代以後，這種關係才改變過來，成為先有了曲調，再配合填上適當的歌詞，這種方式稱為「倚聲填詞」，作詞也就又稱為「填詞」了。

❶〈敦煌曲子詞集敘錄〉，收錄於《敦煌遺書論文集》，王有三（重民）撰。臺北：明文書局。民國七十四年六月。頁57。

為什麼填詞要規定平仄？

所謂平仄，是特別用於中國詩詞中，表明聲調變化的方式，平是指平直，仄則是曲折。古代語言和現在我們用的國語一樣有四種聲調，分別為平、上（ㄕㄤˇ）、去、入，其中上、去、入三種聲調的字，有高低起伏的變化，故統稱為仄聲，平聲則只包含平聲調的字。而後來絕句、律詩要規定平仄，就是為了讓詩句念起來有抑揚頓挫的音律感。

我們現在看到的詞譜或詞律，都有規定平仄，或許大家會想，這一定是受到律詩、絕句的影響吧！其實不完全是，因為早期詞人是根據音樂來填詞的，當時並沒有硬性的平仄規則。詞和音樂密不可分的關係，從中唐一直延續到北宋，到了南宋，才逐漸脫離音樂，變成只要按照詞牌的固定格式作詞即可。從這時期開始，詞逐漸變成一種不必配樂的純文學，也才變得比較有固定的格式。而後，宋代樂譜幾乎都已失傳，後世的人再想填詞，就真的只能照那些固定格式來寫了。

所以，當開始有人大規模的整理詞的格律時，就會產生重要的影響。像清康熙時，萬樹寫了《詞律》這本書，研究了很多詞牌的平仄、句式、字數、押韻等，然後訂出他認為比較正確，或較多人使用的格式為規範，平仄自然也跟著固定出來了，後來的《欽定詞譜》也是類似的書籍。所以我們現在看到的詞的平仄等格律，都是後人歸納訂定出來的，這樣可做為填詞之參考；且平仄變化所造成的音律感，和音樂是有相像之處的，所以定出平仄，其實等於還能留有一點音樂性。因此，現在平仄對填詞而言，反而變得重要了。

二、詞牌名是怎麼來的？

以現代我們所熟悉的歌曲形式來說，都是一曲配一詞，也擁有專屬的歌名，所以每首歌都有它的獨特性。但我們若看唐宋詞，會發現每首詞前都有個像「歌名」的詞牌名，且往往是重複的，例如很多首詞都叫「念奴嬌」、「滿江紅」、「水調歌頭」……等等，是因為這些詞牌名其實指的是曲調的名稱，配合這首曲調去填的詞，也就直接沿用這些詞牌名了。

而這些詞牌名的產生，背後常常是有故事的。唐五代以後，詞多由美麗的歌妓來唱，所以詞的內容，很多都和女性有關，而詞牌名的由來，也有不少是和歌妓或美女相關的。比方說「念奴嬌」當中的「念奴」，是唐玄宗時一個知名歌妓的名字，當時唐玄宗曾自己作曲作詞，再交給念奴來唱，結果念奴的歌藝讓唐玄宗大為欣賞，就把這個曲子取名為「念奴嬌」了。而有個詞牌名叫「虞美人」，指的就是項羽身邊的美人虞姬，當年項羽兵敗垓下的時候，虞姬不離不棄，最後因為怕成為項羽的累贅，自刎而死，後來便有一個傳說，當地有種紅色的花，就好像被虞姬自刎時的鮮血染就一樣，這種花後來被稱為「虞美人」，然後又被沿用到詞牌名中。另外還有像「昭君怨」是與王昭君有關，「浣溪紗」則和西施曾在溪邊浣紗的典故有關。

其他也有不少詞牌名的背後是有故事的，例如「鵲橋仙」，是出自牛郎織女只能在每年七夕時，在鵲橋上相見的故事；而「雨霖鈴」則和唐玄宗與楊貴妃有關，據說安史之亂時，唐玄宗帶著楊貴妃逃走，但因為大家都認為安史之亂是因為楊貴妃這個紅顏禍水，唐玄宗迫於輿論壓力，只好賜死楊貴妃。楊貴妃死後，唐玄宗仍舊懷念不已，在某一個蜀地棧道的雨夜中，聽到鈴聲，思念甚濃，後來就命人寫下「雨霖鈴」這個曲子。

至於其他詞牌名的由來也很多，像本來有些歌就是專門寫某些事的，如「醉公子」是用以寫喝醉了的男子；「漁歌子」是寫漁家生活的閒適；「女冠子」是寫女道士；「臨江仙」是寫水中之仙等，大概是一開始寫什麼事，就訂下這個題目，然後被後人繼續沿用下去。

但是，也有些詞牌容易引人誤會，例如「賀新郎」，從字面意義看，會以為是結婚時恭賀新郎的歌曲，但其實「賀新郎」本作「賀新涼」，是後來誤把「涼」變成「郎」，有很多人在填這個曲調時，都是寫慷慨悲憤之情的。而「壽樓春」、「千秋歲」看起來與祝壽有關，但其實是用於悼亡，如果拿來填壽詞，就太沒有禮貌了。

最後要注意的是，詞牌名是曲調的名稱，和詞的內容沒有必然的關係。早期的詞牌名與詞作內容有比較多相符的情形，但發展到後來就分離了。「虞美人」不見得都是寫虞姬的事情，「念奴嬌」的內容，也不一定都適合像念奴這樣的嬌美人兒來唱，「臨江仙」到後來也不會只是寫水仙，有時只是後來的詞人喜歡這曲調的旋律，或認為這旋律適合寫某些事情，才選來填詞。而到文人作詞已逐漸脫離音樂後，在選擇詞牌時，也多半是認為這詞牌的格式或篇幅適於他要寫的東西，除非是特殊情況，否則內容是否符合詞牌名的意義，就不那麼重要了。

延伸知識

一首詞的真名：詞題和詞序

由於詞作內容和詞牌名沒有一定的相關性，自然很難從詞牌名去判斷這首詞在寫什麼，所以有的詞人會另外再下一個題目，或者交代一下作詞的動機、場合、時間等，我們稱之為「詞題」或「詞序」。

一般來說，如果字數很少，就像個題目而已，我們可以稱之為「詞題」；像蘇軾寫過兩首〈念奴嬌〉，一個詞題叫「赤壁懷古」，另一個叫「中秋」，就帶有題目性質。而另一種像序言，用來闡述宗旨，或交代寫作背景，有開宗明義、補充說明之用的，可以稱之為「詞序」，通常字數也會比較多；像張先的〈木蘭花〉序：「去春自湖歸杭，憶南園花已開，有『當時猶有蕊如梅』之句。今歲還鄉，南園花正盛，復為此詞以寄意。」便是交代了寫作的動機。

其實，最先比較頻繁使用詞題、詞序的，就是北宋的張先，在他一百七十多首詞作中，將近一半都有詞題或詞序，但以詞題為絕大多數，這是在以往的詞人作品中，相當罕見的。後來蘇軾的三百多首詞作中，有超過一半的作品有詞題或詞序，就是受了張先很大的影響，後來也有許多詞人都會如此。

到了南宋，有位知名詞人姜夔，絕大部分的詞都有詞題或詞序，而且他的詞序中，不僅文句優美，還有不少是相當「長篇大論」的，因為他不僅善於填詞，也善於音律，所以會利用詞序來說明他對某些曲調、音律的看法。像他有一首〈淒涼犯〉，序言約兩百多字，另一首〈徵招〉，序言更多達四百多字，可說是一個相當用心於作詞作曲的詞人。

三、宋詞也有「熱門金曲榜」？

唐宋詞與樂曲的特點，便是可以「一曲配多詞」，但以前的樂曲如今已失傳，只剩歌詞仍繼續流傳，所以若有宋詞的「熱門金曲榜」，應該要分成兩個部分來看，一個是當時最常被使用的曲調有哪些，另一個則是最受歡迎的歌詞。

首先來看最常用的曲調。唐五代到兩宋，流傳的曲調非常多，我們以詞最興盛的宋代為例，在當時流傳最廣的詞牌是「浣溪沙」，接下來還有「水調歌頭」、「鷓鴣天」、「菩薩蠻」、「西江月」、「滿江紅」等，這些都是當時的熱門音樂，也是最常被詞人選來填詞的前幾名曲調。

雖然因為曲調已失傳，我們無法得知當時的音樂樣貌，但透過了解宋人常用的曲調是哪些後，大概可以推敲出，這些曲調之所以受歡迎，不外乎是旋律受人喜愛，或音律不會過於複雜、篇幅較為適中、比較好填詞等原因，所以如果想學填詞，也可以先從這些詞牌入門。

不過，最熱門的曲調，卻不一定會產生最熱門的歌詞。在二〇一二年的時候，中國北京中華書局出版了一本書，名叫《宋詞排行榜》，由王兆鵬等人合著❶。這本書根據每首詞被歷代詞選收編的次數、在現代各大搜尋引擎中被搜尋的次數、被歷代詞人追和的次數等數據，計算出前一百首最熱門的詞作，其中前十名分別為：

第一名：蘇軾〈念奴嬌〉（大江東去）
第二名：岳飛〈滿江紅〉（怒髮衝冠）
第三名：李清照〈聲聲慢〉（尋尋覓覓）
第四名：蘇軾〈水調歌頭〉（明月幾時有）
第五名：柳永〈雨霖鈴〉（寒蟬淒切）
第六名：辛棄疾〈永遇樂〉（千古江山）
第七名：姜夔〈揚州慢〉（淮左名都）
第八名：陸游〈釵頭鳳〉（紅酥手）
第九名：辛棄疾〈摸魚兒〉（更能消）
第十名：姜夔〈暗香〉（舊時月色）

熱門詞作的統計，顯然比較複雜，牽涉的數據也不僅局限在宋代，畢竟只有詞作的內容，是至今我們仍能品評好壞的，而每個朝代喜歡的詞作也會不同，但以上這前

❶王兆鵬、郁玉英、郭紅欣（二〇一二），《宋詞排行榜》，北京：中華書局。二〇一二年一月。

十名的作品，依舊通過時代的考驗留了下來，必然有一定的價值。不過有趣的是，這個詞作的金曲榜，顯然是兼容並蓄的，包含了慷慨激昂的勁歌、婉約悲傷的情歌，有詞人抒發對國事的感慨、憤恨，也有對於人生的體悟，和依依離情的傾訴，可見不論哪種風格的歌詞，都有一定的群眾支持。而這個金榜上，蘇軾、辛棄疾、姜夔就各占兩首，也足以見得他們的詞作極受肯定，可見詞人及其作品魅力的影響也是很大的。最後，透過對好作品的認識，也可以培養對詞作的賞析能力，對學習創作也能有所助益。

延伸知識

詞牌有別名嗎？哪些詞牌的別名很多？

詞牌名的產生，我們在前面已介紹過原因，但詞牌名常有個現象，就是除了本來的名字之外，也會產生別名。例如某一首詞寫出來之後，因為變得特別有名，就會有人將這首名詞中的幾個字，拿出來成為新的詞牌名。像蘇軾寫過〈念奴嬌·赤壁懷古〉，開頭有「大江東去」，所以「念奴嬌」後來又有別名叫「大江東去」；或是像「望江南」，因為後來白居易用這個曲調，寫了三首回憶江南之好的詞作，所以又改名為「憶江南」。這種狀況會顯示出，代表性詞作在這個曲調中的影響力。

另一個別名的產生方式，則是用詞牌的字數去取名，如「念奴嬌」是一百個字，就又稱為「百字令」；「歸字謠」只有十六個字，所以又叫「十六字令」。

一般來說，若別名很多，表示可能有很多作家喜歡用這個詞牌，所以產生的佳作比較多，就容易有佳句被拿來做為別名的情形。像熱門曲調中第一名的「浣溪沙」，別名就非常多，共有十個；第三名的「鷓鴣天」，也有七個別名，其中就有很多是因為作者寫出佳句後，又產生別名的。不過最多別名的還是「念奴嬌」，共有十八個，其中像「大江東去」、「酹江月」、「江月」、「赤壁詞」等，就是因為蘇軾之詞產生的別名，可見「念奴嬌」這個詞牌，不僅因為常被使用而別名甚多，其中也不乏有蘇詞的影響力。

既然詞牌的別名愈多，表示這個詞牌可能在當時愈熱門、愈有名，因此，也可以當作該曲調是否熱門的一項指標。

四、為什麼詞要分片？有哪些形式？

一般來說，我們最常看到的詞的形式，是分成兩個部分的，這每個部分稱為「片」、「疊」或「闋」；所以，一首分成兩個部分的詞，我們也會說這是分成上下片、上下疊、上下闋（但這個「闋」字，有時也拿來當作詞的單位，一首詞也可以稱為一闋詞，但我們不會說一片詞、一疊詞）。

詞會分片，是為了配合樂曲，樂曲有段落，一個段落就是一片，通常分成兩片的詞是最常見的，其中又有三種不同的類型。第一種是這兩片在句數及每句的字數、押韻的韻腳、平仄等，完全相同，例如「蝶戀花」這個詞牌，像這樣的歌曲應是同樣的旋律重複兩遍。第二種則是上、下片略有不同，例如「鷓鴣天」，舉辛棄疾的作品來看，上片第一句「晚日寒鴉一片愁」，下片第一句則是「腸已斷、淚難收」，其他地方都相同，這種情形稱為「換頭」，只有開頭不大一樣，其他地方的旋律都保持相同，大約是為了要使曲調有些變化，不那麼千篇一律。此外，也有上下片完全不同的，例如「訴衷情」、「賀新郎」、「清平樂」等，我們舉晏殊的〈訴衷情〉來看：

數枝金菊對芙蓉。搖落意重重。不知多少幽怨，和露泣西風。

人散後，月明中。夜寒濃。謝娘愁臥，潘令閒眠，心事無窮。

很明顯可看出上下片是不對稱的，上片四句，下片六句，幾乎不相同，大約是這類詞牌的樂曲，曲調變化比較多的緣故。

但除此之外，詞其實還有不分片，或者是有三片、四片的情形。不分片的情形，通常篇幅比較短，像「望江南」、「如夢令」等，像這樣的詞牌，大概樂曲也很簡短，就不分上下片了。分成三片、四片的形式（又稱三疊、四疊），這類作品較少見，可是變化比較豐富，比方說「西河」、「蘭陵王」、「浪淘沙慢」等詞牌，也是三片都不太相同。另外也有所謂的「雙拽頭」，例如周邦彥的〈瑞龍吟〉：

章臺路。還見褪粉梅梢，試花桃樹。愔愔坊陌人家，定巢燕子，歸來舊處。

黯凝佇。因念個人癡小，乍窺門戶。侵晨淺約宮黃，障風映袖，盈盈笑語。

前度劉郎重到，訪鄰尋里，同時歌舞。唯有舊家秋娘，聲價如故。吟牋賦筆，猶記燕臺句。知誰伴、名園露飲，東城閒步。事與孤鴻去。探春盡是，傷離意緒。官柳低金縷。歸騎晚、纖纖池塘飛雨。斷腸院落，一簾風絮。

這種詞牌是第一、二片格式相同，第三片比較長，我們稱之為「雙拽頭」，就好像兩匹馬牽拉著車身一樣，用來比喻先重複兩次較短的旋律，再配合一個較長旋律的樂曲，是一種相當特別的形式，「曲玉管」這個詞牌也是如此。

再來介紹四片的形式，但只有一種詞牌是這樣的，就是「鶯啼序」，當中四片的格式都不太一樣：第一片共八句；第二片共十句；第三、四片各為十四句，前面雖幾乎一樣，但末三句又不相同。這個詞牌，不只片數最多，也是字數最多的，大約是因為結構比較複雜，篇幅又大，寫作比較不易，作品數量也相對很少。

延伸知識

詞有沒有主歌和副歌？

現在的流行歌曲中，絕大部分都是主歌配上副歌的形式。而顧名思義，主歌就是一首歌當中主要的部分，大多會先敘述出這首歌的主要內容，或是為副歌的部分做鋪陳；而副歌則是整首歌比較高潮的部分，通常著重感情的抒發，並藉由一再重複，加強聽者對於歌曲的記憶，加深印象。主歌雖然也會重複，可是歌詞內容有可能會改變，也不會重複太多次；副歌則是重複較多次，歌詞比較不會改變，或者改變幅度較小。

如果根據以上主、副歌的比較來看的話，我們可以發現，在詞中，是沒有主、副歌之分的，雖然詞的上下片格式有時會完全相同，很像是副歌的重複，但畢竟只有旋律重複，歌詞內容是完全不同的，整首歌詞渾然一體，較無主副之分。雖然，我們前面介紹過「瑞龍吟」、「曲玉管」這種雙拽頭的形式，如果把第三片和第一、二片倒換過來的話，確實是有點類似今天流行歌曲的形式，但畢竟不完全相同，且第一、二片也僅是旋律重複，歌詞並未重複，這種形式在唐宋詞中也算是少數，只能說是偶然的類似罷了。所以，不分主、副歌，是唐宋流行音樂和現代流行音樂一個很大的不同。

五、詞的布局方法有哪些？

一般而言，詞分成兩片，所以也可以將其內容視為分成兩個段落，所以許多詞人在寫詞時會去注意上、下片該如何布局，就好像寫文章也須分段，並注重起承轉合一樣，同時，兩片之間也要有順暢的過渡和連接。以布局來說，常見的有上片寫景，下片寫情；或相反過來，上片先寫情，下片寫景的。例如范仲淹的〈蘇幕遮〉（碧雲天）、宋祁〈玉樓春〉（東城漸覺風光好）、蘇軾〈念奴嬌．赤壁懷古〉等，就是上景下情的作法，而上情下景的作品也有，但是比較少，如張先的〈天仙子〉：

水調數聲持酒聽。午醉醒來愁未醒。送春春去幾時回，臨晚鏡。傷流景。往事後期空記省。

沙上並禽池上暝。雲破月來花弄影。重重簾幕密遮燈，風不定。人初靜。明月落紅應滿徑。

上景下情的狀況較多，主要是因為「由景入情」這種寫作模式，從《詩經》就已開始，但當時所描寫的景物，並不必然與要訴說的情感有絕對關聯，只是發展到後來，景物與感情的聯繫就更為密切了。更進一步說，不論先寫景還是先寫情，甚至是情景交錯的寫法，若是景能與情「交融」，那是最好的，畢竟情往往是抽象的，若能透過具象的景去勾發、比喻的話，也就能使情得到更進一步的抒發。

除了以情、景分段，也有以時間來分段的，例如寫事情，便有上片寫過往，下片寫現在的，類似作文的「順敘法」；也有上片先寫現在，下片追憶過往的「倒敘法」。前者如歐陽修的〈生查子〉：

去年元夜時，花市燈如晝。月到柳梢頭，人約黃昏後。
今年元夜時，月與燈依舊。不見去年人，淚滿春衫袖。

後者則有如周邦彥的〈念奴嬌〉（魂醉乍醒），先寫現在的情景，再追憶過往，這些都是以時間點做為段落的區分。

此外，分片是一個較大的布局，但每一片裡又有許多細節需要琢磨。首先是押韻，詞大約每兩、三句會押一次韻，有時一句就會押一次韻，一般來說，押韻的地方最好就是一個完整的意思，也因此，每個韻要容納哪些意思，又如何與其他韻組合成片，並形成一個脈絡，都必須細細斟酌。同時還要兼顧開頭不俗，上、下片切換時要有關聯，但又不能太重複，最後結尾要能有深長的餘味等等。當然若是三片、四片的布局法，可能又更加複雜。最好還是能了解詞人布局的方法，這樣可以幫助詞作的理解更為深入；同時，若有興趣創作的話，也可以做為學習的準則。

最後，仍要注意的是，所謂章法布局，其實多是後人所歸納出來的，作者當然自會有一套布局的方式，但在創作時，卻不見得是完全照準則來的，或者也可以說，是透過對準則的學習之後，再打破規則另行創意。總之，了解準則是需要的，但也要避免完全被限制住。

延伸知識

詞中也有電影鏡頭

前面說到，詞中常會有對於景物的描寫，而這些景物，都會在詞中創造出某種情境，使情與景交融在一起，如此一來，這景物自然就染上了詞人的主觀色彩，變得比平常更有意義。

而寫景，不只是平鋪直敘地描繪眼前所見或景物的表象，有的詞人會精心安排景物的設置，例如從近寫到遠，或由遠寫到近，有時亦來個特寫鏡頭，細部描繪某個景物。這就好像電影鏡頭，也分成遠景、中景、近景、特寫鏡頭一樣，使讀者在讀詞的時候，感受到景物與情感的變化，例如相傳為李白所寫的〈菩薩蠻〉：

平林漠漠煙如織。寒山一帶傷心碧。暝色入高樓。有人樓上愁。
玉階空佇立。宿鳥歸飛急。何處是歸程。長亭更短亭。

這是一首描述女子思念遠方良人的詞，開頭先寫遠景，從最遠的「平林漠漠煙如織。寒山一帶傷心碧」開始，再移到較近的景物「高樓」，然後才是高樓上的女子，這是景物由遠而近，由大而小的描寫方式；下片則相反過來，從近景寫到遠景，從愁苦的女子寫到天上的歸鳥，再寫到那綿延不斷的長亭與短亭❶，不僅顯示出良人歸途的遙遠，更暗喻了自己的思念，就如同那長短亭，不停的蔓延出去。

這首詞的上片，可說是先用一種由遠而近的寫景方式，帶主角出場，下片再將主角向遠方淡出，可是人雖淡出了，情卻沒有，反而與景物交融，形成一種深長的餘韻，如果這首詞也可以翻拍成「微電影」的話，一定很有意境。

❶古時會每十里設置一長亭，每五里設一短亭，供旅客休息，後來逐漸變成送別的地方，因此常會出現在描寫離情的作品中。也可指綿延不斷的旅途。

六、最長和最短的詞，各是哪一首？

詞從興起開始，產生了不少的詞牌，這些詞牌的字數，有多有少，目前所知最多字的是兩百四十個字，最少則只有十四個字。

因為字數相差懸殊，所以進行分類是必須的。目前所知最早將詞分為小令、中調、長調三種的始祖是《草堂詩餘》。後來，清代的毛先舒才進一步根據字數去定義此三者，以五十八字以內為小令，五十九字到九十字為中調，九十一字以上的都是長調。這個分法後來被廣泛地採用，但其實並不是很科學，就像萬樹在《詞律》中就曾經批評這種分法，並舉例說明，像「七娘子」這個詞牌，有五十八字，也有六十字的，那要叫小令還是中調？而像「雪獅子」有八十九字，也有九十二字的，又是中調還是長調呢？萬樹的這個質疑很有道理，因為，詞一開始都是配音樂的，有時候多一、兩個字或少一、兩個字，也還是可以唱的，而填詞的篇幅，應該和樂曲長度有比較大的關係。可是音樂已失傳，要去幫詞的篇幅大小作分類的話，大概也只能先用字數去分，暫時沒有更好的分法了。

那麼，我們姑且將小令定義在五十八字以下，而小令中字數最少的詞，是唐代的「竹枝」，只有十四個字，例如皇甫嵩的作品：「木棉花盡荔枝垂。千花萬花待郎歸。」

這幾乎只是一個對聯的感覺。再來則有十六個字的「十六字令」，如周邦彥的作品：「眠。月影穿窗白玉錢。無人弄，移過枕函邊。」雖然只多兩個字，但變化就比較多了。

至於長調，被定義在九十一字以上，看似不少，但實際上最長的詞牌「鶯啼序」，共有兩百四十個字，超出九十一字兩倍以上，「竹枝」連它的零頭都不到，再少一點字數的則有如「戚氏」，共兩百一十二字。可見，以往的樂曲種類相當多，長短落差也非常大，在創作時，方式自然也不同。「竹枝」只有短短兩句，大約是適合隨口一唱、即興創作；其他小令篇幅的詞牌，雖有字數較多的，但篇幅上仍有限制，所以只適合抒發較為片段的感情，頂多寫景再加上抒情；而字數再多一點的中調、長調，篇幅較大，就可以拿來敘事兼抒情，或敘事、寫景、抒情三者兼具，南宋時甚至有詞人拿來議論、說理的。因此，詞有長短之分，適合寫的題材不同，自然也能形成不同的味道。

宋人常用的詞牌，其篇幅大概會是比較好發揮的大小，特短或特長的詞，相較之下創作者就少。就好比現代的流行歌曲，大部分的長度都在三到五分鐘左右，算是比較固定，但有時也有特別短的歌詞或特別長的歌詞。例如王菲作詞並演唱的〈浮躁〉，歌詞只有二十二字，也不比最短的小令多多少字，唱起來也是頗為隨性的感覺；而古巨基演唱的〈情歌王〉，則是集合了許多情歌的部分歌詞和旋律成為一首歌，時間長度就有十二分鐘多，歌詞則有一千兩百多字，將情感不停接續、鋪敘下去。但這類的歌和宋代特短或特長的詞一樣，畢竟不是主流，只能偶一為之來增加些新意。

什麼是大詞？什麼是小詞？

若有機會看古人論詞的文章，有時會看到「大詞」、「小詞」這樣的詞彙，例如宋代沈義父的《樂府指迷》當中說：「作大詞，先須立間架，將事與意分定了。第一要起得好，中間只鋪敘，過處要清新。最緊是末句，須是有一好出場方妙。作小詞只要些新意，不可太高遠。」這裡所謂的「大詞」、「小詞」，其實指的就是歌詞內容的篇幅，篇幅較大者，稱為大詞，較小的則稱為小詞。創作大詞時，因為內容較多，也講究起承轉合，起頭要起得好，中間則要有適當的鋪敘，「過處要清新」則是指兩片之間在承接時，要能「有點黏又不會太黏」，不可以完全死扣在一起，看不出段落感，但也不能過於分成兩半，使一首詞變得好像兩首詞一樣，最後，結尾非常重要，才能使詞有餘味供人咀嚼。此外，像篇幅大的詞，在創作時也要注意，鋪敘時不要把話說得太過明白，否則就沒有想像空間，而無餘韻。

至於小詞，則重在有無新意，但不適合寫意境過於高遠的內容，這也就是我們前面所說的，小令適合寫較為片段的情感。然而，我們只能從沈義父所提出的創作方法，約略知道他所謂的大、小詞是篇幅的差別，可是到底多大能稱之為大詞，多小該稱之為小詞，他沒有進一步說明，到明代才有人就字數更細分為小令、中調、長調。所以逐漸的，也就有人把這兩種分法混在一起，小令稱之為小詞，長調稱之為大詞，至於中調，宋代沒有這種概念，是明代以後才又分出來的一種類別。

七、作詞有哪些忌諱？

詞是一種配合音樂的文學，為了能與旋律和諧、好唱，就會特別注重平仄。而詞通常分兩片，有時會分到三、四片，所以章法結構上也必須有一定的安排，內容才不會零亂破碎。另外，詞的句子字數有很多變化，每種字數的句子也有其節奏，不可任意更改。所以，作詞其實不容易，甚至可能比作詩還複雜，但是，若把握了作詞時該避諱的問題，還是可以作出一首好詞。

若以詞的章法結構來說，最好能夠先安排各片所要表達的東西，例如上片寫景，下片寫情，當然也可以反過來，最忌諱東拼西湊，毫無脈絡和條理。同時，雖然各片之間要能夠段落分明，但仍要有一定的關聯性，否則一首詞截然分成兩種內容而不連貫，也是不妥當的。

古人填詞時，因為還有音樂，所以能夠「倚聲填詞」，根據旋律給予適當的歌詞。假如詞的抑揚頓挫與樂曲旋律差太大的話，不僅不容易讓聽者明白歌詞內容，對唱歌的歌者也是一種負擔，所以不協音律是填詞的一大忌諱，像蘇軾的詞內容雖好，填詞時卻較不注重音律，這點就常為當時的人所詬病。因此，在當時的音樂已不得而知的今天，想要填詞的話，最好要根據詞譜，像萬樹的《詞律》或《康熙詞譜》都可以做為參考，盡量依據他們所列出的平仄去填適當的字詞，那麼即便現在已不能唱，至少在唸的時候，還能保有一點音律性，會較為悅耳。而押韻的部分，每個詞牌也會規定哪幾句要押韻、韻的平仄是什麼等，也需注意，不能漏掉該押韻的地方。

此外，詞的每個句子也都有固定的句式，且每句的字數，從一到十個字都有，常見的句式有四言、五言、七言等。四言通常是上二下二，由兩個詞彙組成，例如「大江—東去」、「佳期—如夢」等。至於五言的句子可分為上一下四，如「沁園春」這個詞牌，每片的倒數第二句，就要使用這種句式，以辛棄疾的〈沁園春〉為例，就是「怕—君恩未許」；或者常見的上二下三，如「明月—幾時有」；也有上三下二的，像「齊天樂」的最後一句就要用此種句式。至於七言的句式，也有分上一下六、上四下三、上二下五等，通常在詞譜上會標明出來，填詞的時候也要依據規定的句式才行。

由上可知，填詞要注意的地方很多，無論是內容還是格式，都有講究和規定，要先搞清楚這些忌諱，才能逐步做出好詞。

在現代，有辦法高歌宋詞嗎？

由於宋代的音樂在現代已不得而知，所以要完全用古代的旋律來唱詞，幾乎是不可能的事情。但是現在仍有學者致力於搜羅宋代樂譜的相關資料，再根據平仄、歌詞內容，加以改寫成現代音樂用的簡譜。成功大學的李勉教授，就做了這樣的考證功夫，並將相關的音樂、簡譜，置於「網路展書讀」這個網站。雖然目前不是所有的曲調都考訂出來，但至少能讓喜愛宋詞的人們，感受一下宋代人是怎麼唱詞的。

但古調的考證很費功夫，除此之外，還有其他方法可以唱宋詞嗎？其實很簡單，就是另創新的曲調即可。最有名的例子，大概就是由梁弘志作曲，鄧麗君演唱的〈但願人長久〉，這首歌是完全以蘇軾的〈水調歌頭．丙辰中秋，歡飲達旦，大醉。作此篇，兼懷子由〉為歌詞，再譜以新曲去唱的，後來張學友和王菲也唱過，各有不同的味道。此外，也有取宋詞為歌詞，再加上新的歌詞，譜上新樂曲的，如周杰倫作曲，伊能靜演唱的〈念奴嬌〉，就把蘇軾的〈念奴嬌．赤壁懷古〉與毛澤東的〈沁園春．雪〉，放進歌詞中，然後加上一些新的歌詞，曲風也相當現代化。

我們姑且不論這樣的改編是否還留有古意，因為畢竟每個時代的流行歌曲各有不同的面貌，但蘇軾的詞，至今仍然被視為經典，且被用於流行歌曲中，就表示其價值是歷久不衰的。若蘇軾泉下有知，大概也沒想到，當年他所寫的歌詞，就算在近千年後的流行歌壇，也還是可以傳唱的吧！這大概也是宋詞可以「雅俗共賞」的新解釋了。

八、為什麼男性詞人常用女性角度寫詞？

清代有位詞論家田同之，在《西圃詞說．詩詞之辨》中說：「若詞則男子而作閨音，其寫景也，忽發離別之悲。詠物也，全寓棄捐之恨。無其事，有其情，令讀者魂絕色飛，所謂情生於文也。」指出了一個唐宋詞中普遍但奇特的現象：詞人明明都是男性，卻常用女性口吻，站在女性立場寫詞，好像角色扮演一樣。這個狀況在晚唐、五代與北宋的詞作中尤為常見，例如南唐著名詞人馮延巳，寫過一首〈長命女〉：

春日宴。綠酒一杯歌一遍。再拜陳三願。一願郎君千歲，二願妾身常健。三願如同梁上燕。歲歲長相見。

這首詞的口氣，好像是一個女孩子在對自己心愛的人，訴說心中想和他長長久久的願望。或者是歐陽修的〈蝶戀花〉：

庭院深深深幾許。楊柳堆煙，簾幕無重數。玉勒雕鞍遊冶處。樓高不見章臺路。
雨橫風狂三月暮。門掩黃昏，無計留春住。淚眼問花花不語。亂紅飛過鞦韆去。

寫的是一個女子的閨怨，這兩首詞的作者都是男性，卻用女性的方式說話，以女性立場寫詞，像這樣「男子作閨音」的現象，和當時的宴會文化有很大的關係。

詞是配合音樂而唱的歌詞，一開始流行於民間，但後來也逐漸流行於文人之間，做為歌筵酒席中的娛樂，這時往往由文人配合樂曲來填詞，再交給歌妓來唱。例如，收錄了許多五代詞的《花間集》（可說是最早的文人詞集），其序言就記載了當時的宴會狀況：「則有綺筵公子，繡幌佳人，遞葉葉之花牋，文抽麗錦，舉纖纖之玉指，拍按香檀。不無清絕之辭，用助嬌嬈之態。」意思就是富家子弟或讀書人的宴會上，他們把歌詞寫在一頁頁的花箋上，交給美麗的歌女唱，唱歌時搭配著檀板敲出的節拍，再加上歌妓清麗的歌喉，和嬌嬈的姿態，我們可以想見那是一種旖旎的風光。歌既然是給美麗的歌妓唱的，詞的內容當然也要適合她們，所以，詞人就需站在她們的立場，模仿她們的口吻作詞；即便沒有，也會去描寫女子的容貌、才華，並常與戀情有關，總之題材都是圍繞在女性身上。畢竟，若讓一個嬌滴滴的女孩子，唱出雄壯的軍歌，反差實在太大，在那樣的場合中也不適合。因此，這類寫給歌女唱的歌詞，多半都會從她們的角度去寫。

有趣的是，南宋王灼的《碧雞漫志》中說：「古人善歌得名，不擇男女。……今人獨重女音，不復問能否。而士大夫所作歌詞，亦尚婉媚，古意盡矣。」這段話如用現代一點的方式來解釋，就是古時候只要善於唱歌，男歌手女歌手都好，像《碧雞漫志》

也記載了戰國時代的秦青、薛談，漢朝的虞公、李延年，唐朝的高玲瓏、李龜年等，都是著名男歌手。可是晚唐五代以後，卻多是女歌手的天下，因為當時的人比較喜歡女歌手，那詞人所作之詞，當然也就要以這些女性為主了，而我們常說詞是「婉約」、「婉媚」的原因也在此。

此外，現代流行歌曲中也是有男性用女性口吻作詞的，像鄭進一作詞的〈家後〉，寫出傳統女性對丈夫的愛，以及那單純的幸福，再經由天后江蕙美好的歌聲詮釋，成了膾炙人口的經典歌曲，與我們前面介紹的情形有異曲同工之妙。

延伸知識

「男子作閨音」背後的深意

男性文人用女性口吻或立場寫作，其實不是從詞才開始的，早從屈原的〈離騷〉開始就有：「眾女嫉余之蛾眉兮，謠諑謂余以善淫。」這兩句話看似有女子的口吻，意思是說有許多女子嫉妒我，只因為我的容貌、眉毛，比她們更美好，於是造謠毀謗我。在這裡，屈原為什麼要這樣說呢？如果我們把這兩句話和他的生平、忠君愛國的情操結合來看的話，便會知道這兩句話是一種比喻，屈原把自己這個忠臣比喻成美女，其他善於毀謗的奸臣則是那些嫉妒他的女子，而後「蛾眉」也變成一種美好才德的象徵。這種手法我們稱之為「比興」，意指使用某種比喻，但這種比喻的背後又有某種寄託，像屈原的比喻，背後就寄託了他高潔的心志。之後，有許多詩人、詞人繼承這種「比興」手法，透過把自己比喻成女子，或者藉由描述一個女子，來寄託他不方便說出口的心意。

所以，我們可以知道，「男子作閨音」出現在晚唐到北宋的詞裡時，大多是因為要寫給歌女唱的，但出現在詩歌中時，多是想表達自己的政治寄託或懷才不遇，只是有時直接說出來會過於敏感，只好藉由這種委婉的方式來抒發。這類作品很多，後來的詞裡也會出現，不過，也不是所有「男子作閨音」背後都有深意，我們還是要小心別過分的解讀了。

九、詞為何會在宋代興盛起來？

清代文人潘德輿說：「詞濫觴於唐，暢於五代，而意格之閎深曲摯，則莫盛於北宋。詞之有北宋，猶詩之有盛唐。」意指詞發端於唐代，在五代時茁壯，到北宋則大放異彩，猶如盛唐時的詩歌，具有高度的成就。這段話簡單扼要地解釋了詞從唐到宋的發展，也能說明為何今天我們一提起詞，大多都會先想到「宋詞」，而不是「五代詞」或「清詞」，就好像一講到詩，我們也都會先想到「唐詩」一樣。但其實，不是只有宋代的人才作詞，唐代的人才作詩，其他各朝代的文人，也多有作詩、作詞的，可是因為「唐朝之詩」、「宋朝之詞」的藝術成就最高、最有代表性，久而久之，我們也就習慣這樣去連結在一起了。

一種文學會在某個時代興盛起來，背後都有許多原因，詞在宋代興盛，大約有兩個原因。第一個原因就如前一段所說的，是經過了唐、五代的孕育和成長。隨著愈來愈多文人投入進行創作，他們逐漸摸索出一套填詞的方式，到北宋時正好成熟到一個階段。之後又有許多南宋詞人，繼續探索出更有創意的方式，才能造就出這麼多精彩的作品。當然，唐、五代的詞並非沒有佳作，只是相較之下，宋詞的題材、風格和主題更為豐富、深刻。

第二個原因，就要從宋太祖趙匡胤說起了。根據《續資治通鑑》的記載，宋代初建，趙匡胤擔心五代這種混亂的局面，無法從根本去平息，就和趙普商量對策。趙普認為，唐末以來之所以會一直混亂，是因為節度使擁兵自重，導致君弱臣強，所以最好能把武將們的兵權削弱，使他們沒有勢力造反，天下才會真正安定。於是，趙匡胤設計了一場「杯酒釋兵權」的宴席，還對這些武將們說：「爾曹何不釋去兵權，出守大藩，擇便好田宅市之，為子孫立永遠不可動之業，多置歌兒舞女，日飲酒相懽以終其天年。」勸武將們不要再這麼辛苦了，好好享樂便是，甚至還鼓勵朝臣武將們蓄養家妓，為的就是讓武將們轉移心思。此後，宴饗風氣大開，音樂和歌詞的需求增加，在這樣的背景下，當然成為詞興盛的重要原因。甚至，如果翻開《全宋詞》，會發現不少宋代皇帝有作過詞，也有人因為詞作得好而被提攜的，例如《武林舊事》曾記載：「一日，御舟經斷橋，橋旁有小酒肆，頗雅潔，中飾素屏風，書〈風入松〉一詞於上，光堯（高宗尊號）駐目稱賞久之，宣問何人所作，乃太學生俞國寶醉筆也……上笑曰此詞甚好……即日命解褐云。」意指在淳熙年間，當時的太上皇高宗乘船遊西湖，在一間酒館的屏風上看到一首〈風入松〉，非常欣賞，詢問之後，得知是太學生俞國寶所作，高宗稍改了最後一句，並賜給俞國寶官職。由此可知，由於時代安定承平，都市、經濟繁榮，加上君主也喜愛，所以宋代成了詞的全盛時期。

宋代蓄家妓之風

宋代歌妓非常多，也有一定的制度。當時歌妓主要可分為三種：官妓、市妓（又稱市井妓）、家妓。官妓由各級官府管理，官員如果要辦公宴，便可請官妓，但有規定官妓只「賣藝不賣身」，因此官員與官妓之間，是不可以有男女關係的，如果被發現有私，都會受到一定的懲罰；市妓則是民間有入樂籍的妓女，服務對象主要是民眾或一般文人，像知名的李師師便是；至於家妓，則是私人蓄養的歌妓，通常是官員或社會階級比較上層的人，才會在家中蓄養家妓，設宴時，往往由這些家妓表演助興，且沒有規定家妓不得和男主人有男女關係，所以家妓的地位也很特別，大約是介於婢女和妾之間。

蓄養家妓從北宋開始流行，一方面是受到趙匡胤的鼓勵，此後就蔚為風氣，像歐陽修、寇準、蘇軾等人都有家妓。而《東京夢華錄》中也說：「諸幕次中，家妓競奏新聲，與山棚露臺上下，樂聲鼎沸。」這裡呈現出當時節慶的熱鬧與家妓之眾多，可見當時蓄養家妓確實非常流行。

當然，如果用今天的眼光來看，這樣的風氣似乎不可取，但在當時既有政治因素，大家也都習以為常了，我們不妨就當作是一種歷史現象來看待吧！

十、詞流行時，也有歌本嗎？

現在如果到有歌手駐唱的餐廳或酒吧，會看見有的歌手面前，放著一本歌本，這種歌本其實就是歌譜，上面有數字簡譜及歌詞，好讓歌手知道可選什麼歌，以及歌詞和旋律怎麼唱，私下練習歌曲時也會用到。而歌本不是現代才有，早在詞流行的時期，就有類似的歌本了，只是唱歌的人都是當時的歌妓，所以多是歌妓在使用，格式與分類也有一點不同，但功用是一樣的。

現代歌本中，最常見的大概是專門集結流行歌曲的，但也有老歌、民謠歌本等。而詞盛行時的歌本，也多以收錄當時的流行歌曲為主，並在編排時有兩種不同的方式，一種是以音樂為主，按宮調進行編排，例如宋時流傳在民間的歌本《金奩集》，或者柳永的《樂章集》等。宮調是指樂曲的音調，周代以前，已有宮、商、角、徵、羽五聲，後來又發展出變宮、變徵兩聲，總共七聲，和西洋簡譜中七個音階的概念是一樣的。其中，以宮聲為調的稱為「宮」，其他聲為調的則統稱為「調」，合稱為「宮調」。不同的宮調會有不同的音樂風格，以便歌妓選唱。通常較早期的歌本都是這種形式，歌妓可以看當時流行哪種音樂，或因應需求，選擇適合的來唱。

另一種歌本則是以歌詞內容分類，例如南宋時編的《草堂詩餘》，先分小令、中調、長調，再分春、夏、秋、冬四景，或是按照節序、天文、地理、人物等分類，每一類下面又再細分。歌妓可以根據實際需要、不同場合應景而唱，讓選歌更加便利。

現代人上KTV唱歌時，不用背下歌詞，因為電視螢幕上的歌曲MV中就有歌詞，甚至連旋律都不一定要記下，因為還有導唱功能。但對於需要駐唱的歌手就不是這麼方便了，且流行歌曲總是推陳出新，要歌手背下所有歌曲，總有難度。而古代歌曲的流傳，不像今天這麼方便迅速，多是靠傳唱與歌本，加上要歌妓背下所有的歌詞也不太可能，所以附有宮調、歌詞的歌本，對歌妓來說是很重要的。尤其在音樂佚失的今天，這些歌本起了保存歌詞的作用，也讓我們能從像《草堂詩餘》這樣的作品中，看出當時流行音樂的某些趨勢，例如其中被選進的作品，最多的是周邦彥，再來是秦觀、蘇軾、柳永等，也有歐陽修、辛棄疾等人的詞作。詞作的編選，當然有些編者的喜好在其中，但仍可見這些歌曲在南宋還是受到歡迎的。

當時的歌妓除了從歌本中選歌之外，還有別的歌曲來源。例如在宴會中，歌妓會唱主人或客人曾作過的詞，甚至，也常有在宴會時當場作詞給歌妓即興演唱的，這讓主人或客人都能有表現的機會，得意之餘，宴會的氣氛自然就更熱鬧、開心了。除此之外，歌妓也會向有名的詞人要求，希望詞人替她們作詞，例如當時很受歡迎的詞人柳永，就常有歌妓向他索詞；反過來，如果有人希望自己的文才受到注目，也會自己作詞給歌妓唱，希望借由歌妓傳播出去，或在有重要人士的場合中歌唱，以期受到賞識。

延伸知識

為什麼早期的詞，經常不確定作者是誰？

在詞發展的早期，有些文人其實不大注重自己寫過的詞，這是因為歌詞都是在筵席間傳唱，又被視為「小道」，所以文人並不像對詩那樣的重視其保存，也不認為這些作品有太大的價值，於是多不收錄於自己的文集中。由於歌詞沒有被寫定，傳唱的過程中，難免會弄錯作者，即便後來有些詞被刊載出版了，出版者也多沒有去認真考證，結果就造成了某些詞作誤記了作者的名字，或誤收到其他作者的詞集中，也就是出現所謂「互見」的情況。像馮延巳、歐陽修、晏殊三人的詞，因為寫作風格有某種程度上的相似，就很常被弄混，例如，〈蝶戀花〉（南雁依稀迴側陣），作者就有歐陽修或晏殊兩種說法；〈鵲踏枝〉（誰道閒情拋擲久），也有馮延巳或歐陽修的詞集都收錄的情形。而之所以會這樣，追根究底，就是因為作者本身不重視自己的詞作，因此也未加以整理的關係。

除了作者說法不一，早期的詞也會出現作者不明的狀況；又或者，因為傳唱過程中，歌妓常是隨手抄錄、背誦歌詞，但萬一抄錯、背錯了，自然也就唱錯，久而久之，有些詞就出現了版本上的出入。到了南宋，有時也還會有以上這些狀況，但隨著詞愈來愈受到重視，已逐漸改善。

十一、詞人如何用和韻、用韻、次韻來互相唱和？

「和韻」、「用韻」、「次韻」等唱和，可以說是一種文人間的風雅活動，也像是在比賽誰的文采好。要了解這些是什麼，可先來看明代吳喬在〈答萬季埜詩問〉中說的：「和詩之體不一，意如答問而不同韻者，謂之和詩；同其韻而不同其字者，謂之和韻；用其韻而次第不同者，謂之用韻；依其次第者，謂之步韻（亦稱次韻）。步韻最困人，如相毆而自縶手足也。蓋心思為韻所束，而命意布局，最難照顧。今人不及古人，大半以此。」吳喬認為，一個人寫了一首詩，另一人再寫詩呼應其詩，叫作「和詩」，這種方式主要是應和詩意為主，好像一搭一唱或一問一答；但和韻的話，則是相和時押韻要押同一個韻部的字；而用韻，則是指所押的韻要跟所和之詩用相同的韻字，不過次序可以改變；至於次韻，是最難的，不只押韻的韻字要完全相同，次序也不可以改變，吳喬形容這種方式是「自縶手足」，也就是把自己的手腳捆綁起來之意，表示這種寫詩方式限制太多，比較沒有自行發揮的餘地。此外，不論是哪種唱和方式，內容都是要有所呼應的。

以上這些方式本來是作詩時才有，後來也被拿來作詞，尤其是蘇軾、黃庭堅以後。不過，可能因為詞的韻腳位置較固定，「次韻」的方式反而在宋詞中最為常見，當詞人在詞序中註明「和韻」或「用韻」時，大多也是指「次韻」。這種文人間的風雅活動，有時出現在應酬場合中；也有某詞因為作得不錯，所以又有人再作詞相和、追和。有些詞人會在詞序中寫明「用……韻」、「……席間和韻」、「次韻……」等，就是這個原因。這類的例子眾多，無法一一列舉，在這裡我們就簡單舉兩個有名的例子。首先，和意詞在宋代雖不如次韻詞普遍，但卻有一首很有名的作品，就是陸游的〈釵頭鳳〉：

紅酥手。黃縢酒。滿城春色宮牆柳。東風惡。歡情薄。一懷愁緒，幾年離索。錯錯錯。

春如舊。人空瘦。淚痕紅浥鮫綃透。桃花落。閒池閣。山盟雖在，錦書難託。莫莫莫。

這是寫給他的前妻唐琬看的，表示出對兩人當年分離的遺憾，而唐琬看了之後，也作一首〈釵頭鳳〉應和陸游：

世情薄。人情惡。雨送黃昏花易落。曉風乾。淚痕殘。欲箋心事，獨語斜闌。難難難。

人成各。今非昨。病魂嘗似秋千索。角聲寒。夜闌珊。怕人尋問，咽淚裝歡。瞞瞞瞞。

由這兩首詞可見，和意詞不須用相同的韻，但其所用的詞牌多半是要一樣的，並在詞意上有互相呼應。

再看次韻之例，北宋章質夫曾作一首〈水龍吟〉：

燕忙鶯懶花殘，正堤上、柳花飄墜。輕飛亂舞，點畫青林，全無才思。閒趁遊絲，靜臨深院，日長門閉。傍珠簾散漫，垂垂欲下，依前被，風扶起。蘭帳玉人睡覺，怪春衣、雪霑瓊綴。繡牀旋滿，香毬無數，才圓卻碎。時見蜂兒，仰粘輕粉，魚吹池水。望章臺路杳，金鞍遊蕩，有盈盈淚。

這首詞以詠楊花為主題，蘇軾接著便作〈水龍吟．次韻章質夫楊花詞〉：

似花還似非花，也無人惜從教墜。拋家傍路，思量卻是，無情有思。縈損柔腸，困酣嬌眼，欲開還閉。夢隨風萬里，尋郎去處，又還被、鶯呼起。

不恨此花飛盡，恨西園、落紅難綴。曉來雨過，遺蹤何在，一池萍碎。春色三分，二分塵土，一分流水。細看來，不是楊花。點點是、離人淚。

這兩首詞的韻腳是「墜、思、閉、起、綴、碎、水、淚」（古時候這幾個字是有押韻的），且次序完全一樣，屬於次韻。有趣的是，前面我們說次韻最難，不僅作法上先天就有限制，大多也難以超越原作，但大文豪蘇軾所寫的這首詞，卻被認為是超越了章質夫。如王國維在《人間詞話》中說：「東坡〈水龍吟〉詠楊花，和韻（王國維此處也是指「次韻」）而似原唱；章質夫詞，原唱而似和韻。」其實章質夫這首詞已寫得不錯，當時曾流傳一時，但蘇軾還能超越，實在相當難得。

延伸知識

歷史上被追和最多次的詞作

一首好詞，往往會引來詞人的好友跟著相和，再與原作相互交流；或流傳出去後，有人喜愛，便也作詞相和；甚至，詞人也可以作了一首詞後，再作另一首詞自和。宋代以後，有些經典的詞作依舊膾炙人口，使得後人也跟著追和。據王兆鵬等人所著的《宋詞排行榜》統計，蘇軾的〈念奴嬌．赤壁懷古〉在南宋與金時期被追和了二十三次，元、明被追和六十四次，清代則被追和四十六次，總計一百三十三次，是所有宋詞中，追和次數最高的一首。連南宋大詞人辛棄疾，都曾作〈念奴嬌．用東坡赤壁韻〉次韻此詞，可見這首〈念奴嬌．赤壁懷古〉造成的影響有多大。

十二、詞人為什麼愛傷春悲秋？

古往今來的藝術家，都善於觀察周遭的人事物，並用他們易感的心，去感受、體驗這其中的變化，再表現出來。在中國，古代的自然景觀豐富多樣，且許多地方有著明顯的季節交替，春夏的生機蓬勃與秋冬的萬物凋零，看在善感的詞人眼中，自然能引發許多感觸，尤其是景色變化最大的春天和秋天。

春、秋所能引發的情感，常常有兩種。一種是當心情和悅時，看到的會是季節美好的那一面，自然會寫春日和煦與秋高氣爽的景致；但當心情沉重時，季節中美好的一面，反而成了心境上不堪的對比，尤其是暮春的花落、秋末的萬物凋零，容易引起愁緒，令人有「美好的事物逐漸逝去」的感傷。所以，詞人傷春悲秋的情懷，往往不只是表面上的，通常會有更深一層的意涵和比喻，而形成了詞中一種特殊的主題。

在詞體中，傷春常和女性的相思有關。當女子和心愛的人分離時，春天這麼美好的季節，反而令人觸景傷情，一是美好的時光無法與戀人共度，二是看到花開花落，便令人感傷青春易逝，年華老去。而因為詞一開始多是寫給歌女唱的，所以文人模擬女子傷春口吻的作品也很常見。

此外，還有另一種傷春情懷，則是詞人自身對於人生的體會，或將春天當作某種象徵。例如晏殊的兩首〈浣溪沙〉：「無可奈何花落去，似曾相似燕歸來，小園香徑獨徘徊」、「滿目山河空念遠，落花風雨更傷春，不如憐取眼前人」，都有一種對於生命本質的思考。而辛棄疾的〈摸魚兒．淳熙己亥，自湖北漕移湖南，同官王正之置酒小山亭，為賦〉：「更能消、幾番風雨。匆匆春又歸去。惜春長恨花開早，何況落紅無數。春且住。見說道、天涯芳草迷歸路。怨春不語。算只有殷勤，畫簷蛛網，盡日惹飛絮。」則是把快要結束的春天，比擬為南宋岌岌可危的國勢，所以他的傷春，其實也是憂傷國家，兼及自己的懷才不遇。到了宋末元初，也有位名叫劉辰翁的詞人，在他的傷春詞中，把春天比喻為滅亡的南宋，如〈蘭陵王．丙子送春〉：「春去。最誰苦。但箭雁沉邊，梁燕無主。杜鵑聲裡長門暮。想玉樹凋土，淚盤如露。」傷春就成了對故國的哀悼與懷念。

至於悲秋，與女性的關聯就比較少了，較多的是男性用來比喻自己不受重用。《楚辭》的作者之一宋玉，曾寫過〈九辯〉，詩中藉著悲秋傷感生命終會流逝，如果在有限的生命中無法施展抱負、獲得賞識，那是多悲哀的事情。這個悲秋所象徵的內涵，逐漸被後來的文人所沿用，像柳永的羈旅詞中，就有透過悲秋來寫他的失意和人生無成之慨的。

事實上，如果放眼整個中國文學，會發現不只是詞人愛傷春悲秋，詩、賦中也常有這類主題，並多與上面所介紹的情形類似，形成中國文學中一種特殊的傳統，而詞雖然一開始多為歌筵酒席中娛賓遣興之用，但進入了文人手中，文人逐漸將他們常接觸到的主題帶入詞中，也是自然而然的事情。

延伸知識

宋代的節令詞

季節會勾起詞人的感觸，節日也一樣，無論是在節日時享受良辰美景，與親友同歡，還是孤獨冷清的過節，感嘆好景不常在，都能引發寫詞的動機。而在中國，有幾個特別重要的節日，如過年、元宵、端午、七夕、中秋、重陽等，都常有詞人吟詠作詞，其中又以元宵節的詞作最多，像歐陽修的〈生查子．元夕〉、辛棄疾〈青玉案．元夕〉等，都是有名的作品。這類寫元宵佳節的詞，除了寫作者自身的感受之外，也會寫燈會中五彩繽紛的花燈、遊玩遣興的人們，很是熱鬧。

詞中原本就多以情愛為主題，那浪漫的七夕，自然也成為描寫的對象。宋代的七夕特別熱鬧，常常從七月初一就開始準備過節了，至於牛郎與織女的故事，更是吟詠七夕時的一個重點。像柳永的〈二郎神〉（炎光謝），就描寫了七夕時女子乞巧的習俗；蘇軾的〈菩薩蠻．七夕〉則寫牛郎織女終有一年一度相會的日子，人間的愛情卻總有不確定性，分開了也不知何時才能相聚，所以想必他們是不會羨慕人間的；而秦觀的〈鵲橋仙〉，更是藉牛郎織女的故事，點出了一個愛情的道理：雖然是長久的離別，但只要兩情長久，總比朝夕相處卻平淡生厭的感情要好，這首詞被視為千古絕唱，是七夕作品中最有新意的。

節令詞通常可以讓讀者認識宋代節慶的習俗與情況，有時因為節慶的觸發，又能使詞人寫出好的作品來，所以在宋詞中，也是很有價值的。

十三、詩、詞、曲的差別是什麼？

詩、詞、曲這三種文體，是中國文學韻文中的三大瑰寶，且各有不同的規定與風格。我們有必要明白一下這三者的差異，才能更加了解詞。但這裡要比較的曲，是專指散曲，不含雜劇，因為雜劇還包含了動作、對白等，形式截然不同，和詩、詞進行比較是沒有意義的，而散曲的形式和詞比較相像，可以了解一下如何區分它們。

若只從表面上看，詩與詞、曲的差異較大，因為詩多為齊言的形式，而詞、曲因為是長短句交錯，所以看起來比較像。若從本質上來說，詩未必要配合音樂，但詞、曲則一定要。

再來更細部的從格律上來說，詩有分古體詩和近體詩，古體詩不講究平仄，也多半不固定句數和字數，有時會有長短句交雜的雜言體；近體詩則有固定的字數和句數，沒有長短句，也講究平仄及韻腳。但詞是包含了古體詩雜言的形式，也包含了近體詩所講究的平仄和韻腳。至於曲，形式比詞來得自由，字數較不固定，有時連句子都可以增加。此外，曲經常使用襯字，就是在原本的曲牌中規定的字數外，基於讓語氣或語意更完整、增添聲音情感等原因，可隨意增加一些字，讓歌詞的內容聽起來更為活潑、淺白，唱的時候，這些字通常都是輕輕帶過的。這些襯字可以隨意增加，甚至有過襯字比歌詞本身要來得多的作品。有些曲牌是延續了詞牌，內容格式幾乎一樣，例如「念奴嬌」，這時就可以用有無襯字來分辨到底是詞還是曲。但要注意的是，曲的字數或句子可以增加，是就其曲牌本來的正字而言，襯字是不算在內的。

再從音律上說，近體詩不論五言、七言、絕句、律詩，都有固定的平仄，而詞也有固定的平仄，但其固定的平仄是根據詞牌不同而有所變化的，所以不像近體詩單純。這一點，曲也是一樣的，每個曲牌也會有規定的平仄，而且比詩、詞更加嚴格。

最後，就詩、詞、曲整體的風格而言，清代李東琪曾概括的說：「詩莊詞媚曲俗。」詩，適合言志，古人多半拿來寫比較嚴肅的議題，如自己的政治抱負、人生志向、社會關懷等，所以是莊嚴的；而詞，多用於抒情，又常寫男女情感，相較起來是較為女性化、嫵媚的；而曲，題材博雜，語言也是最為白話的，雖然詩、詞有時也會用方言、俗語等，可是都不及曲來得多，所以也比較淺顯易懂，因此通俗。

經過比較，我們可以得知，詩、詞、曲三者，有相同類似之處，也有許多不同之處，由於三者又有發展上的先後以及相關性，所以又有人把詞稱為「詩餘」，曲稱為「詞餘」。

詞還有哪些別稱？

詞其實還有許多別稱，一般常見的是「樂府」，因為詞和樂府詩都是配樂而唱，所以就有人把詞稱為「樂府」，但其實這兩者有很大的不同。詞又可稱「長短句」，這是因為很多詞都是長短句的形式。詞還有前面提到過的「詩餘」這個別稱，除了因為詞與詩有發展上的關聯性以外，也是因為詞在一開始不被文人注重，視為「小道」，是寫詩之餘才去作的。這些別稱常見於詞人的詞集名，如《東坡樂府》就是蘇軾的詞集，《稼軒長短句》是辛棄疾的詞集；而《草堂詩餘》則是宋代的詞選，依據詞的主題將詞進行分類，方便歌妓在不同的場合中選唱合宜的歌詞。

詞還有比較特別的別稱，如「琴趣」或「琴趣外篇」。這個典故來自陶淵明，根據《晉書．陶潛傳》的記載，陶淵明不太懂音樂，但卻有一張沒有弦的琴，每與朋友聚會，就撫琴唱和，並說：「但識琴中趣，何勞弦上聲。」表示只要能理解琴本身的趣味，又何必用弦來發出聲音呢？後來「琴趣」就成了詞的別名。詞人的詞集也有以「琴趣」命名的，如《醉翁琴趣外篇》是歐陽修的詞集，《淮海琴趣》就是秦觀的詞集。

有時候，詞、曲也會有混稱的情況。例如唐代時，詞其實叫作「曲」，或者又稱「曲子詞」，而現在所謂的元曲，在元、明時又常被稱為「詞」，主要還是因為這兩種文體都和音樂有關，又都是歌詞，在發展上也有關係的緣故。其實，文體的演變與特色，都是自然而然發展出來的，一開始難免會有些混亂，或是在演變過程中產生一些新的觀念與意義，因此才會產生某些文體名稱混淆、出現別名等情況。有些人甚至認為詞的那些別稱不好，但這倒也無需過於追究，重要的還是能理解「詞」這個文體的真正內涵是什麼。

十四、什麼是「以詩為詞」？

「以詩為詞」，從字面上看，就是用寫詩的方式來寫詞，也可以說是把詞「詩化」了。這句話是蘇軾的學生陳師道說的：「子瞻（即蘇軾）以詩為詞。」因為最先開始大量用這種方式作詞的人，就是蘇軾。

詩和詞，原本是兩種不同的文學。在一般文人的心目中，詩的地位向來高高在上，因為它可以用來抒發懷抱與志向，可以寫各式各樣的題材。而詞，在最初發展時，是文人眼中的「小道」，因為詞多半出現在娛樂場合中，內容也多是風花雪月，可以娛情，卻無法拿來寫正經事。雖然，一些文人在填詞時，因為本身就有一定的文化水準，會內化在他的詞中，所以顯得比較高雅，就好像現代的流行歌曲中，也有歌詞寫的比較高雅或通俗之分，但總的來說，詞的內容與地位還是被限制住的。

張先與柳永開始較為大量的創作篇幅較長的詞，由於可寫的字數變多，內容也從抒發短小片面的情感，擴充到平鋪直敘一些事件，融敘事、寫景、抒情為一體，為詞的題材開拓出一條先路。但張、柳的詞，內容大多還是側重於男女感情，且柳永的詞太過流行，其中又有許多俗艷露骨的部分，這部分就受到了蘇軾的反對。可是，蘇軾卻很欣賞柳永在羈旅詞中那種景物開闊的寫法，於是他取了柳永的長處，再對柳詞中太過豔情的部分採取反動，開始將豔情以外的題材帶入詞中。所以劉熙載說蘇軾是「無意不可入，無事不可言」的，蘇軾可以藉由寫詞，抒發人生感慨、道理、詠嘆歷史、悼念亡妻等，這些題材，在前人的作品中，幾乎是看不到的。

蘇軾這種創作方式，可以說不僅擴大了詞的題材，也把詞由「男子作閨音」這種為女性代言的立場，拉回到男子為自己發聲。他比前人更有自覺地這麼做，再加上他本身豁達的天性，使得蘇詞中有雄豪、曠放的一面，和傳統的詞，真的有很大的差別。陳師道在說蘇軾是「以詩為詞」之後，又說：「如教坊雷大使❶之舞，雖極天下之工，要非本色。」就是認為這種寫法，已脫離詞本來柔媚的樣貌。雖然這種方式不是所有人都認同，蘇軾也非完全不寫傳統的詞，但也不可否認，蘇詞中成就更大的，正是這類創新過後的詞。

此外，蘇軾作詞，已不再是為了音樂或娛樂而寫，有時候，他為了使文意有更好的表達，就不太重視歌詞與音樂是否配合得當。這種方式也是突破傳統，當然也遭來一些批評，例如李清照就批評這是「句讀不葺之詩」，可是，這種方式卻使得詞從一定要遷就音樂，轉變成獨立於音樂之外，因而更具有文學性了。

---

❶雷大使名叫雷中慶，是北宋有名的男性舞者。

總的來說，「以詩為詞」就是蘇軾走出來的另一條作詞之路，使詞變得可以像詩一樣，不只寫情感，而是什麼題材都可以寫，還能像詩一樣抒發志向與襟抱。詞的文學性增加了，地位提高了，這大概是詞史上最為重大的影響。

延伸知識

什麼是「以文為詞」？

「以文為詞」，就是將寫文章的技巧、方式，用來寫詞，在原理上，和「以詩為詞」是一樣的。

以文為詞也是從蘇軾發端的，他有幾首詞帶入了文章的寫法，但將之發揚光大的代表詞人則是辛棄疾。我們可以在辛詞中，看到文章中才會出現的對話、議論和句法，也會使用較為口語化的詞彙或俗話，所以看他的詞，有時就好像在看文章一樣，例如〈西江月·遣興〉：

醉裡且貪歡笑，要愁那得工夫。近來始覺古人書，信著全無是處。
昨夜松邊醉倒，問松我醉何如。只疑松動要來扶，以手推松曰去。

這首詞讀起來，很像是篇短文，尤其是下片，用對話方式呈現一個酒醉之人的醉態。如果我們把最後一句「以手推松曰去」，加上現代標點符號，就會成為：「以手推松曰：『去！』」也就更有散文的味道了。

除此之外，辛棄疾熟讀各種經史子集之書，所以裡面的典故，也常被他用來寫詞，這和用詩裡的典故來寫詞，又是不同的。雖然，「以文為詞」也會有些問題，例如少了許多意象、可聯想的地方，或者用典太晦澀，也會使得文意較難理解，可是總的來說，這種寫法影響了不少詞人，如陳亮、劉過、劉克莊等人。就和「以詩為詞」一樣，「以文為詞」又為詞的創作開闢出了新天地，所以，還是很有意義的。

十五、詞為何分為婉約和豪放兩派？這樣恰當嗎？

明朝張綖的《詩餘圖譜》曾說：「按詞體大略有二：一體婉約，一體豪放。婉約者欲其辭情醞藉，豪放者欲其氣象恢弘。蓋亦存乎其人，如秦少游（秦觀）之作，多是婉約；蘇子瞻（蘇軾）之作，多是豪放。」這是最早開始將詞分為婉約、豪放兩派的觀點，並說明了婉約的詞作就是要將情感藏在文字內，不過於外露，而豪放的詞作則是要氣勢磅礴外放。這個觀點一出，後來的人就逐漸將詞分為這兩派了。

但張綖為何要這麼說呢？其實，在蘇軾「以詩為詞」以後，確實使得詞有了很大的改變。詞從原本大多只用來寫風花雪月，轉變成可以寫其他的題材，並且可書寫男性自己的心情。所以，原本只適合給歌女唱的內容，也因為這些情形，開始適合讓男性唱。詞不再只是女性的代言體，而是可以作「男子之音」，風格自然也就偏向陽剛，不再婉約柔媚，例如蘇軾曾寫過的〈念奴嬌‧赤壁懷古〉。所以俞文豹《吹劍錄外集‧吹劍續錄》就記載：

> 東坡在玉堂，有幕士善謳（唱歌），因問：「我詞比柳詞何如？」對曰：「柳郎中詞，只好十七八女孩兒，執紅牙拍板，唱『楊柳岸、曉風殘月』；學士詞，須關

西大漢，執鐵板，唱『大江東去』」。公為之絕倒。

這段話的意思是說，柳永的詞，適合年輕的女孩來唱，但像蘇軾〈念奴嬌．赤壁懷古〉這種詞，就只適合由雄壯的大漢來演唱，這自然也是因為詞的內容較為陽剛的緣故，所以不適合女歌手。

蘇軾以後，愈來愈多詞人開始作這類較為陽剛的詞，但與此同時，也有許多人發現，豪放的詞跟曲調會有「不合」之處，因為當時流行的曲調，大多還是適合婉約柔媚的內容，突然換上了豪放陽剛的詞，難免會有格格不入的情形，就好比我們將楊丞琳〈曖昧〉這樣輕柔緩慢的曲調，配上五月天〈入陣曲〉激昂的歌詞，一定會有違和之感。而如果要替豪放詞重新譜一個適合的曲子，又礙於會作曲的人其實比較少，所以很難實行，最後就變成豪放詞與曲調會有不協之處，甚或乾脆不配合音樂了。可是，詞本來就是配樂而歌的，因此也有詞人開始反對這種不合音律的情形，例如李清照，堅持詞還是要有自己的本色，不能違背傳統。

但是，蘇軾的這種特色已經逐漸流行開來了，雖然較不合樂，卻擴充了詞作的內容，否則詞可能會愈來愈僵化，沒有新意。愈來愈多詞人受到影響，其中最有名的就是辛棄疾，因此後來的詞壇就逐漸分成婉約、豪放兩派，互相爭鳴，各放異彩。但仍要注意的是，所謂豪放與婉約，其實是相對的，只是一種較為容易區分、凸顯宋詞兩大風格差別的方式，而且都是後來的人去區分的。嚴格說來，不是所有的詞都只能分為豪放、婉約兩種風格，像蘇軾雖為豪放派始祖，但他不只寫豪放之詞，也會寫婉約的詞，甚至有部分作品是「曠放」而非「豪放」。

延伸知識

蘇軾的「曠放詞」

前面說到，蘇軾有所謂的「曠放詞」，但曠放是什麼意思呢？其實就是心胸曠達，不受拘束之意。蘇軾歷經過許多挫折、逆境，可是他以一顆豁達的心和聰明的腦袋，去參悟道家、佛家思想，然後轉化成自己獨特而曠達的人生觀，再以此寫入詞中，自然使得詞作中有「曠放」的風格，這和辛棄疾那種豪氣直爽的豪放詞是不同的。

現在來看他的一首曠放詞〈定風波．三月七日，沙湖道中遇雨。雨具先去，同行皆狼狽，余獨不覺。已而遂晴，故作此詞〉：

莫聽穿林打葉聲。何妨吟嘯且徐行。竹杖芒鞋輕勝馬。誰怕。一蓑煙雨任平生。
料峭春風吹酒醒。微冷。山頭斜照卻相迎。回首向來蕭瑟處，歸去。也無風雨也無晴。

此詞的創作背景，在詞序中就有交代，是被貶黃州後的某日，他到沙湖遊玩，碰上大雨，但手邊沒有雨具，因此大家都覺得狼狽，只有他不覺得，到天氣放晴後，便作了此詞。大意是說，不要聽那打在林葉上的雨聲，何不吟誦、長嘯著徐徐散步呢？竹杖與草鞋的輕便性勝過騎馬，無須害怕，就像穿著一身蓑衣任由風雨淋身，我這一生也任由困境而處變不驚。春風微寒吹醒了酒意，我感到微微寒意，山頭卻有斜陽在相迎，回頭看看來時遇到風雨的地方，歸去，無論好天氣還是壞天氣，都能超然面對，人生總是有好有壞，但不因此而影響心境。

從這首詞中，我們能感受到蘇軾對於人生的體悟和智慧，放掉得失心，曠達的面對各種情況，畢竟人生遭遇總是變化無窮也無法掌握，只有自己的心境，自己能夠控制。這樣體現蘇軾豁達人生觀的詞，便可稱之為曠放詞，與婉約、豪放都不同，是蘇詞的一大特色，也是其他詞人很難超越的。

十六、喜歡談情說愛的宋詞，能反映歷史嗎？

如果說到「詩史」，我們一定會馬上想到杜甫，因為他總是用詩來記錄他所經歷過的歷史事件，並寄予深刻的關心。但若說到「詞史」，恐怕就令人猶豫了，因為，詞在一開始，都是寫男女情感為多，雖然在蘇軾以後，更多其他的題材被寫入詞中，不過拿來記錄歷史的詞作，在北宋仍屬少數。然而，歷經靖康之難後，長期的宋金對峙及後來蒙古的入侵，使得一些文人受到時代背景的刺激，也開始將自己對於時局的所見所感，抒寫在詞作之中，因而能反映歷史的詞，也就增加了。

能反應歷史的詞作在北宋雖然不多，不過還是可以舉出幾個例子。好的一面就如柳永的某些詞作，描寫了北宋初年的太平繁華景象；還有許多詞人都寫節慶的詞，像新年、元宵、七夕、中秋等，這些詞可讓現代人知道，當時的節慶中有些什麼風俗。

相反的，也有詞作反映了不好的一面，而且多集中在靖康之難以後。例如宋欽宗有一首〈西江月〉，是寫於靖康之難被俘虜之後，詞中表現了他認為這次的國恥都是奸臣所害，且他與徽宗被擄之後，也沒見人積極地要解救他們，所以感嘆忠臣義士都不見了。還有趙彥端的〈江城子．上張帥〉，裡面記錄了南宋抗金大將張浚在淮西之戰中的戰爭實況。而到了南宋末年，由於國家狀況日漸趨下，也促使許多詞人寫下他們的感受，例如無名氏的〈沁園春．道過江南〉，寫下了南宋末年，戰亂頻仍，百姓生靈塗炭，朝中卻奸臣當道，不管百姓疾苦等情形；曹豳的〈西河．和王潛齋韻〉則哀嘆戰爭的殘酷景象；汪元量的〈水龍吟．淮河舟中夜聞宮人琴聲〉則記錄了宋少帝與全太后被蒙古兵押解入燕京，以及南宋的國土盡失、岌岌可危；徐君寶妻子的〈滿庭芳〉，也記錄了她被蒙古軍隊俘虜、受到凌辱，還有押解路途中所見飽經戰火摧殘的景象。所以，雖然沒有一位詞人，會像杜甫一樣，投注大量心力寫出很多反映歷史的作品，可是，喜歡談情說愛的宋詞，依舊是能反映出一些歷史的。

這些能反映歷史的詞，寫法也多有不同，例如辛棄疾的〈永遇樂．京口北固亭懷古〉、陳亮的〈念奴嬌．登多景樓〉等，擅長拿歷史上發生過的類似事件與現在的情形做對比，期望能從歷史中吸取教訓，再用以分析議論他們對於時局的看法，所以詞中典故用得很多，堪稱是精彩絕倫的議論詞。而如果我們對於杜甫的「朱門酒肉臭，路有凍死骨」印象深刻，那麼楊僉判的〈一剪梅〉也寫出了和杜甫一樣的感觸：

襄樊四載弄干戈。不見漁歌。不見樵歌。試問如今事若何。金也消磨。穀也消磨。
柘枝不用舞婆娑。醜也能多。惡也能多。朱門日日買朱娥。軍事如何。民事如何。

這首詞的上片，很白描的寫了南宋襄樊之戰時，民不聊生的狀況，下片則寫朝廷不顧國家，沉溺於聲色之中，像「朱門日日買朱娥」，便是很諷刺、寫實的。而此詞的風格，和辛、陳兩人就不相同，是直白的敘事詞。

所以，如果我們想看到宋朝的戰爭、朝廷的腐敗、奸臣的當道、民間的疾苦等，也一樣可以從詞裡看到，特別是南宋的詞作。這表示詞不僅可以像溫婉的女子、豪邁的壯士，也可能像好發議論的文人、憂心國事的臣民，是可以有多種面貌的。

延伸知識

宋詞還有哪些題材？

宋詞除了風花雪月、傷春悲秋、反映歷史之外，還有其他很特別的題材，比方說，佛法居然也可以入詞。像王安石的詞作雖然不多，卻有很多是講佛法的，如〈望江南〉：

歸依法，法法不思議。願我六根常寂靜，心如寶月映琉璃。了法更無疑。

這是個很奇特的現象，因為這種詞，跟其他詞比起來，就好像和尚與美女的對比一樣，但王安石會這樣寫，恐怕是想藉著流行的曲調來宣揚佛法，讓它更為流傳吧！這跟入圍二〇一四年金曲獎的團體「獅子吼」把佛經和 R&B 結合起來一樣，都是佛法和流行音樂的結合。

同樣可以拿來寫詞的，還有對長輩、朋友生日的祝賀，並趁機讚美一番對方的豐功偉業。像有位詞人叫魏了翁，就寫了很多祝壽詞。而詩可以詠物，詞自然也可以，於是就有了詠茶、酒、梅、竹、鳥、自然之景等詞。其他像旅遊的紀錄、人生的哲理、日常生活的瑣事……等，都可以拿來當成題材。或者，我們在另一個單元介紹的，一個人的罪狀、中藥的藥名，都可做為題材。只是，一來這些題材的詞，可能比較少人作，二來佳作也比較少，所以有名的不多，但這些作品確實也增添了許多實用性和新意。

十七、唐代有邊塞詩，宋代有邊塞詞嗎？

唐代有不少出色的邊塞詩，例如盧綸的〈塞下曲〉：「月黑雁飛高，單于夜遁逃。欲將輕騎逐，大雪滿弓刀」、王昌齡的〈出塞〉：「秦時明月漢時關，萬里長征人未還。但使龍城飛將在，不教胡馬度陰山」，還有李頎的〈古從軍行〉：「白日登山望烽火，黃昏飲馬傍交河。行人刁斗風沙暗，公主琵琶幽怨多……」等等，邊塞的人事物是唐詩中很常見的題材。那麼，喜歡談情說愛的詞，也有邊塞詞嗎？答案是有的，在唐、五代敦煌詞中，就已出現不少，而文人詞中，目前最有名的邊塞詞，還出現在蘇軾以詩為詞、開拓詞境之前，那就是范仲淹的〈漁家傲〉。

宋康定元年，范仲淹任陝西經略副使兼知延州（今陝西延安），主理對抗西夏的事務。延州是邊防要地，據魏泰《東軒筆記》記載，范仲淹到了這樣的邊塞地區後，曾作了好幾首〈漁家傲〉，都是以「塞下秋來」做為開頭，是他對於戰亂和邊地的景象、國家安危以及士兵們的辛苦，有著深深的感觸所寫下的，不過目前只留下這一首：

塞下秋來風景異。衡陽雁去無留意。四面邊聲連角起。千嶂裡。長煙落日孤城閉。
濁酒一杯家萬里。燕然未勒歸無計。羌管悠悠霜滿地。人不寐，將軍白髮征夫淚。

詞的開頭，就說明了自己對於邊塞異地感到陌生，范仲淹是蘇州人，自然覺得邊塞的秋天和家鄉的秋天有著很大的不同。而「衡陽雁」是指湖南衡陽有一座回雁峰，據說大雁飛到此地後，就不再繼續往南飛，而會在此過冬，等到春天才回去，所以後來又以「衡陽雁斷」、「衡陽雁去」比喻杳無音信之意❶。「衡陽雁去無留意」就是指南飛的雁子經過時，也不願多留，暗示了邊塞地區的荒涼。「四面邊聲連角起」，寫出邊地的緊張與肅殺之氣。「千嶂裡。長煙落日孤城閉。」則寫邊塞地區雖遼闊，但戍守的邊城卻是孤獨、封閉的，在這裡，詞人運用了對比，襯托出孤涼落寞之景。

上片道盡了荒涼，下片就轉寫自己在軍中的心情了。這些景物，加上離鄉背井，西夏與北宋的關係又緊張，詞人的心中當然感到孤苦無依。這裡沒有瓊漿玉液，只有混濁的酒，把酒思鄉，又想到「燕然未勒」——又作「勒石燕然」，典故是東漢的竇憲，他曾擊敗北單于，然後登上燕然山，把功績刻在石上，後來就變成了戰勝有功的比喻——但此時西夏之事還未平定，歸去自然遙遙無期，因此心情沉重。再聽到羌笛聲

❶蘇武在北海牧羊十九年，後來漢朝與匈奴達成和議時，希望匈奴將蘇武釋放，但單于卻騙說蘇武已死。之後漢朝的使者從當年擔任蘇武副使的常惠口中，得知蘇武還活著。常惠於是教漢朝的使者對單于說，漢朝皇帝在打獵時，射下一隻大雁，雁足上綁著一封書信，上面寫著蘇武仍在北方某處，單于無法反駁，只好將蘇武放還。後來，就以「雁足」、「雁帛」、「雁書」等詞，來比喻書信。

悠悠響起，見到北方的秋天霜滿地，更使人發愁而睡不著覺，他身為將軍為此白了頭髮，士兵們也留下了眼淚。詞到此就結束了，卻留給讀者無限淒涼的想像和唏噓。

延伸知識

歐陽修為何稱范仲淹為「窮塞主」？

在魏泰《東軒筆記》中提過，歐陽修曾評此詞是「窮塞主之詞」，所以後來作了一首較為「富麗堂皇」的〈漁家傲〉送人，裡面有「戰勝歸來飛捷奏。傾賀酒。玉階遙獻南山壽。」的句子。為何歐陽修要這樣說？這可分兩個部分來看，一是北宋初期，詞多半還是適合用在娛樂場合中，過於悲戚的情感容易掃興，因此歐陽修不認同。二是當時北宋雖有西夏的紛擾，但國內還是安定祥和的，加上重文輕武的政策，朝廷間有一種忌諱談兵的風氣，如果要談，也應該多寫些慶賀捷奏、歌功頌德的內容，像范仲淹此詞，歐陽修就認為缺少氣勢，也顯不出宋朝富貴昇平的聲威，顯得太「窮」。但范仲淹畢竟曾親身到達這些邊地，體會到軍人們的辛苦，觀感本就會不一樣，不可同日而語。

這首詞的價值，就如同前面說過的，它出現在蘇軾開拓詞境之前，所以在題材方面，其實是有所突破的，可以看成是蘇軾的先聲。而且這首詞將駐守邊塞的思鄉、愁苦之情表露無遺，某種程度上，仍然是保留了詞適合抒情的特色。在范仲淹之後，也有不少詞人寫過邊塞詞，由此更可以見得，詞能寫的東西是非常豐富多樣的。

十八、宋詞中的「二晏」指的是哪兩個人？

讀宋詞或相關知識時，有時會看到「二晏」這個詞，指的是北宋一對父子，也是有名的詞人——晏殊和晏幾道，又分別被稱為「大晏」、「小晏」。

晏殊，字叔同，從小就很聰明，《宋史》記載他七歲就能寫文章，後來以神童之名被舉薦到了宋真宗面前。真宗要他與一千多個進士一起殿試，結果晏殊表現不凡，真宗很是讚賞，就賜了同進士出身。過了兩天，真宗又出題考他，沒想到他說：「這個題目我曾經作過，請皇上再重新出一題。」因為晏殊的誠實，讓真宗更加欣賞他，往後便加以重用。

晏殊的詞風，是繼承南唐詞風而來，尤其是做過南唐宰相的馮延巳。在他的詞中，經常用比較平淡的語言，講出深刻的情感，並將感性與理性做了很好的融合。我們可以看到他在〈浣溪沙〉中的句子：「無可奈何花落去，似曾相似燕歸來，小園香徑獨徘徊。」呈現出一種他對生命不斷循環的體悟，同時更了解到生命總是孤獨的。而另一首〈浣溪沙〉：「滿目山河空念遠，落花風雨更傷春，不如憐取眼前人。」雖由登高來寫懷念某人的情思，再述及落花和風雨使人因傷春引起了傷心，可是，眼前的事實是無法改變的，春天再美好也會逝去，就像過去與那人在一起的時光，再怎麼美好，也已經不再了，所以，既然無法改變眼前的事實，何不「憐取眼前人」，回到現實中，把握並珍惜現在所擁有的。這兩首詞，都能反映出晏殊在抒發感情時，背後那種理性的、對人生道理的體悟，這也是他詞作的最大特色。

再說到晏幾道，他是晏殊的第七個兒子，也是最小的兒子，字叔原，號小山。晏幾道遺傳了父親寫詞的才華，也因為父親的關係，從小過的便是錦衣玉食的生活。但就在他十八歲那年，晏殊過世了，從此家道中落，而他又個性孤傲，不願意去求過去與晏殊交好的人們，也不喜歡官場中的勾心鬥角，所以一生只做過幾任小官，生活經常是很困頓的。

正因為曾歷經這樣的起落，他的詞作中經常會有對過往美好時光的追憶，例如這首膾炙人口的〈臨江仙〉：

夢後樓臺高鎖，酒醒簾幕低垂。去年春恨卻來時。落花人獨立，微雨燕雙飛。
記得小蘋初見，兩重心字羅衣。琵琶絃上說相思。當時明月在，曾照彩雲歸。

這首詞的大意是說，酒醉後從夢中醒來，見高樓緊鎖，簾幕低垂，想起去年春天的離恨，獨自站在紛紛的落花之中，微雨中見有燕子雙飛，在落花微雨、燕雙飛之景中，更顯出寂寞之情。還記得當時初見小蘋❶，她穿著有兩重心字圖案的衣裳，用琵琶訴說相思，而至今仍在的明月，當時曾照著她彷彿彩雲歸去的身影。這裡用易散的彩雲暗喻「好景不常在」，再用明月對比「物是人非」之感。整首詞意境淒涼動人，「落花人獨立，微雨燕雙飛」雖是借用五代詩人翁宏〈春殘〉詩裡的句子，但是與詞境融合得相當好，所以一直是名句。

二晏的詞風基本上是承襲五代的花間詞風，風格偏向婉約，但是晏幾道詞中所寫的對象，是確有其人的，不像以往詞人所寫的女子，是沒有固定對象，或者對象不明確的，因此感情更加深刻，也更加個人化，這是小晏詞的一種特色。

延伸知識

「詞中三李」指的是誰？

詞中三李指的是李白、李煜和李清照。李白和杜甫是唐詩的最高峰，成就斐然，相傳李白也寫詞，被稱為是「百代詞曲之祖」的〈憶秦娥〉（簫聲咽）、〈菩薩蠻〉（平林漠漠煙如織）這兩首詞，據說就是他寫的。但是，詞在初唐萌芽，盛唐才發展不久，而這兩首因為藝術性很高，很像是詞體發展成熟之後的作品，因此也常被懷疑作者其實不是李白。不過，這一直都沒有確切的答案。

至於李煜，堪稱「詞中之帝」，而李清照做為「詞中之后」亦當之無愧。這兩人的生平與詞作也有類似之處，他們都曾有過美好的時光，但後來遭逢巨變，詞作的內容、風格也因此有所改變。這三個人所處的時代，分別是詞開始發展的盛唐，各有所成的五代十國和北宋，走的又是傳統婉約詞風，因此就被並稱為「詞中三李」了。

❶晏幾道寫個人詞集《小山詞》的序時，曾說與他交好的沈廉叔、陳君龍家，有蓮、鴻、蘋、雲四個家妓，他們常設宴聚會，然後寫些詞給這些家妓唱，度過了一段美好的時光，這裡的「小蘋」就是其中一位家妓。

十九、晏殊那句「似曾相識燕歸來」怎麼來的？

前一個單元所提到的晏殊，在北宋初期，是個很重要的詞人。他有一首代表作〈浣溪紗〉，是這樣寫的：

一曲新詞酒一杯。去年天氣舊亭臺，夕陽西下幾時迴。
無可奈何花落去，似曾相識燕歸來，小園香徑獨徘徊。

其中「無可奈何花落去，似曾相識燕歸來」，是很有名的句子，但據說這兩句並非完全由晏殊寫出來的，而是由他與王琪一同完成的。王琪是揚州府江都縣尉，有一次，晏殊經過揚州，在大明寺停留，大明寺裡有一塊供文人詩客寫詩的詩版，晏殊發現裡面有一首詩寫得很好，打聽之下才知道是王琪所寫。於是晏殊請王琪來吃飯，吃完飯後，還一同到池邊散步聊天，聊到晏殊有個習慣，會將平時想到的好句寫在牆上，可是，有一句「無可奈何花落去」，他一直不知道下面要接什麼？王琪就說，何不接「似曾相識燕歸來」？這讓晏殊大為賞識，後來就把這兩個對句，寫在〈浣溪紗〉中，而王琪也獲得拔擢。

雖然，相傳這兩句不是晏殊獨力完成的，但仍不損這首詞的價值。上片的意思是說，一曲新歌詞配上一杯酒，而這天氣和亭臺卻和去年的舊日時光一樣。可是，雖然很多東西是每年、每天都會一樣，但也都不一樣，就像每天都有夕陽西下，但今天的太陽落下了，就不會再回頭了，明天還是有夕陽，但明天的夕陽並不是今天的夕陽。下片則說，年年都會花落，這是無可奈何的事，但也年年都會有舊時相識的燕子歸來，生命的起落總是在循環著，而我獨自在園裡的花徑中徘徊，有些徬徨，但也是對這些道理的思考。

這首詞表面寫得好像是傷春的情懷，卻蘊含著對生命的體悟。很多事情總會一再重複，但是每次的重複，都和上次不同；而每次的重複，有令人無奈的凋零，也有令人欣慰的再度重逢，萬事萬物，就是一直這樣的循環，卻又伴隨一些無常。我們對於生命的道理、無常，總是感到有些徬徨，而且，人生來世界上都是孤獨的，所以晏殊才會說「獨」、「徘徊」。「徘徊」又帶有一種來回走動思考的感覺，這也是說，在面對無常時，唯有好好去思考其意義，才能找出自己的路。這首詞有對生命的感傷，也有對生命的思考；結構上，每片的前兩句都是寫生命的循環，後一句則富有哲理，是首意境深刻的詞。加上那兩句名句，於是成了晏殊的詞中，最有名的一首。

什麼是「集句詞」？

「集句詞」，就是擷取前人寫過的句子，重新組成新的詞作，句子的來源，可以來自詩、詞、經書，甚至是詞牌名。雖然以現在的眼光來看，是不太尊重智慧財產權，也看似抄襲，但是，真要作「集句詞」也不是容易的事。首先，詞畢竟有較為嚴格的格律，每一句都有它的平仄，所以要從眾多句子中，找出合乎平仄的，再集結成一首文意通順的詞，並不容易；再者，古時候並沒有那麼多工具書和搜尋引擎，所以句子從哪裡來，也很考驗作者平日讀書的多寡以及記憶力。

蘇軾和辛棄疾都寫過集句詞，像蘇軾的〈南鄉子．集句〉，而且他還會在每個句子下註明作者：

悵望送春懷（杜牧）。漸老逢春能幾回（杜甫）。花滿楚城愁遠別（許渾），傷懷。何況清絲急管催（劉禹錫）。

吟斷望鄉臺（李商隱）。萬里歸心獨上來（許渾）。景物登臨閑始見（杜牧），徘徊。一寸相思一寸灰（李商隱）。

而辛棄疾所寫的集句詞〈踏莎行·賦稼軒，集經句〉，則是以《論語》、《易經》等經書裡的句子入詞，也頗合乎他「以文為詞」的風格。

雖然詞人寫詞，不一定都出於原創，也會有所襲用，但重要的是，能否將這些襲用的東西再融鑄成自己的東西，產生新意，若真能做到，也不失為一種創作的方式。

集句最初是從詩開始的，一直到現代，流行歌曲中也有集句的現象，如〈刺激2006〉，就是擷取各首歌曲中的一句，連同音樂和詞，再組成一首新歌，可見集句真是歷久不衰。

二十、哪些詞人因為詞寫得好而有綽號？

古時常有詩人或詞人，因為作品中的某一句寫得特別好，就被冠上與那個句子相關的綽號，很是風雅。在宋朝，因為這樣而有綽號的詞人很多，例如張先、宋祁、賀鑄、秦觀等人。其中擁有最多綽號的，要屬張先了。

張先，字子野，北宋詞人。早期的詞多為小令，文人很少創作篇幅較長的詞，但柳永與張先開始提高了這類詞的創作率。此外，為詞作寫序，用以表明寫作動機、背景交代等，也是從張先開始的，這一點影響了蘇軾和後來的詞人，所以，在詞的發展歷程上，張先向來被視為具有承先啟後的作用。

而他的綽號是怎麼來的呢？據胡仔《苕溪漁隱叢話》中說：「《古今詩話》有云，有客謂子野曰：『人皆謂公張三中，即心中事、眼中淚、意中人也。』公曰：『何不目之為張三影？』客不曉。公曰：『雲破月來花弄影』、『嬌柔懶起，簾幕卷花影』、『柳徑無人，墮絮飛無影』，此余生平所得意也。」原來，張先有一首詞為〈行香子〉，裡面有「奈心中事，眼中淚，意中人」的句子，意指心中有無限心事，都化為眼中的淚水，這一切都是因為那負心的意中人，因為連用了三個「中」，卻都用得很好，所以就被取了個「張三中」的綽號。但張先知道了以後，反而覺得自己更適合叫作「張三影」，因為他擅長寫「影子」，所以在〈天仙子〉、〈歸朝歡〉、〈翦牡丹〉中寫過上面三個例句，這三個「影」是他平生的得意之作，因此認為「張三影」更加貼切。然後，也因為「雲破月來花弄影」這句實在太有名，再加上張先曾任都官郎中，所以他又有個綽號叫作「雲破月來花弄影郎中」。此外，歐陽修也因為喜愛張先的〈一叢花令〉，就以當中的佳句替張先取了「桃杏嫁東風郎中」一號。

曾和歐陽修共同編撰《新唐書》，又擔任過工部尚書的宋祁，因為其〈玉樓春〉一詞中有「紅杏枝頭春意鬧」這個名句，使他有了「紅杏枝頭春意鬧尚書」的綽號。有一次，宋祁慕名去拜訪張先，請人通報時，故意不說自己是誰，只請通報的人和張先說，有個尚書想見「雲破月來花弄影郎中」，張先一聽，立刻就知道是「紅杏枝頭春意鬧尚書」想見他。其實，這兩句有異曲同工之妙，清代寫過一本很有名的《人間詞話》的王國維，就認為這兩句中的「弄」、「鬧」字用得極好，把詞裡的境界全帶出來了。確實，這兩個動詞一用，就把景物擬人化、生動了起來，構成一幅美好的畫面，也難怪能讓張先、宋祁獲得這樣風雅的綽號。

另外，賀鑄因為他的〈青玉案〉（又叫〈橫塘路〉）中有「若問閒愁都幾許。一川煙草，滿城風絮。梅子黃時雨。」便被稱為「賀梅子」；秦觀則因他〈滿庭芳〉中有「山抹微雲，天連衰草」之句，被蘇軾稱為「山抹微雲秦學士」。像這樣有佳句而被取綽號的風氣，也可以反映出，詞從娛樂場合登向高雅文學的轉變，文人逐漸不再視詞為「小道」，反而能因寫出好詞而引以為榮了。

延伸知識

張先的風流軼事

張先一生富貴平順，也很長壽，活到八十九歲，風流之事頗多。相傳他曾經與一個小尼姑偷偷交往，但因遭到寺裡老尼姑的反對，後來兩人並未有結果。張先於是寫了那首歐陽修所愛的〈一叢花令〉，裡面寫到：「沉恨細思，不如桃杏，猶解嫁東風。」這首詞是一首閨怨詞，寫女子對戀人遠去的苦苦相思，仔細想想後感嘆，我的境遇還真不如桃花與杏花，至少它們還知道及時嫁給東風，隨風而去，不至於將美好的青春年華完全辜負。

後來，張先在八十五歲時，竟娶了一個十八歲的小妾，蘇軾就作了一首〈張子野年八十五，尚聞買妾，述古令作詩〉給張先，裡面有兩句說：「詩人老去鶯鶯在，公子歸來燕燕忙。」這是用了唐代元稹〈鶯鶯傳〉裡張生與崔鶯鶯，和漢成帝與張放、趙飛燕的典故，藉由兩個古代姓張的人，來形容張先，而「鶯鶯燕燕」也變成了妻妾、美女眾多之意，這兩句詩，自然是在調侃張先的豔福不淺。不過，大約過了四年，張先就去世了。

這兩個故事，是典型富貴子弟的風流韻事，即便用現代的眼光來看，還是會引發許多爭議，實在夠「八卦」的。不知道該說張先是過於開放，還是勇於突破傳統觀念？

二十一、歐陽修為何在科考時把蘇軾從第一變第二？

歐陽修，字永叔，號醉翁，又號六一居士，為唐宋八大家之一，兼工作詩、作詞，是知名詞人，和他的老師晏殊一樣，都曾做到很高的官，也都非常會寫詞。歐陽修是一個很提攜後進的人，在認識蘇軾之後，非常欣賞他，也不怕蘇軾將來會造成他的威脅，因而傳成佳話，只不過，這段佳話中還有個有趣的波折。

北宋嘉佑二年，蘇軾二十二歲，參加進士考試，歐陽修剛好是當時的主考官。蘇軾寫了一篇應試文章叫〈刑賞忠厚論〉，大得歐陽修的激賞，想要拔為第一。但那場考試中，歐陽修的門生曾鞏也有參加，只是進士考試時，用的是糊名制度，考生的姓名等個人資料都是保密的，主考官看不到（就像現代考大考時，閱卷老師也不會知道考生姓名一樣）。歐陽修懷疑這篇可能是曾鞏寫的，怕人家說閒話，認為他偏心自己的學生，另外，則是他看到這卷子上引用了一段典故，而歐陽修是個飽讀詩書的人，卻不記得有看過這典故，怕是考生寫錯了，於是就把這篇文章從第一變成第二，另一篇也寫得不錯的，則置為第一。

沒想到，放榜以後，得第一名的居然是曾鞏，而那篇本來該得第一的文章，原來是蘇軾所寫。歐陽修一方面替自己的門生高興，一方面卻又覺得蘇軾有些可惜。照當時的習慣，放榜後，考生要寄信給主考官表明感謝，並拜見主考官，蘇軾也不例外，他寫了一封感謝信給歐陽修，歐陽修看完之後，便對別人說：「吾當避此人出一頭地。」意思是長江後浪推前浪，我這老人該早點退位，留位置給這個年輕人出人頭地。當蘇軾與歐陽修見面時，歐陽修問他卷子裡那段典故的出處為何？結果蘇軾說，那個典故，是他根據史書記載，推敲當時情況，認為這是「想當然耳」。歐陽修聽了，非常佩服，認為他不是讀死書之人，也善於運用資料，還對自己的兒子說：「三十年後，不會再有人提起我的名字，但大家都會知道蘇軾。」可見歐陽修對蘇軾的欣賞，確實不在話下。

歐陽修在仕途中提攜了蘇軾這顆超級新星，同樣的，他的詞風也影響了蘇軾。清末馮煦的《蒿庵論詞》說歐陽修的詞是「疏雋開子瞻（蘇軾）」，意思是說，歐陽修雖然曾位高一時，但也有被貶謫的時候，當他被貶時，雖然覺得愁苦、不如意，但他仍想辦法去排解、轉念，讓自己保持豁達的心情，有時他會藉由遊山玩水來排遣，再寫到詞作裡面，也就是馮煦所講的「疏雋」。這點影響了蘇軾，蘇詞中也有許多藉著接觸自然來排解失意的特點。

唐宋八大家的恩怨情仇

明代文選家茅坤曾編輯了一本《唐宋八大家文鈔》，裡面收錄了唐代的韓愈、柳宗元，及宋代的歐陽修、蘇洵、蘇軾、蘇轍、王安石、曾鞏共八人的文章，「唐宋八大家」也因此得名。

這八位文人，其實彼此間都有著深厚或複雜的關係，像唐代的韓愈和柳宗元，他們在創作散文這方面，有共同的理念，雖然經常分隔兩地，卻一直有書信來往，維繫了一輩子的友誼。

而宋代的六大家，關係就比較複雜了。三蘇是父子關係，蘇軾、曾鞏與歐陽修的關係前面也已說明，但其實歐陽修除了賞識蘇軾之外，對蘇洵也是讚譽有加的。蘇洵年輕的時候不用功，一直到二十七歲，才發憤讀書。嘉佑元年時，他帶蘇軾、蘇轍兩兄弟上京，先去拜謁歐陽修，同時把自己所寫的文章拿給歐陽修看，歐陽修一看驚為天人，激賞不已。再加上後來蘇軾、蘇轍同時考上進士，所以這蘇氏父子，因為歐陽修的關係，在當時曾名噪一時。而大器晚成的父親，能培養出年少有成的孩子，也說明了這三人都是天資相當聰穎的。

不過，另一個文人王安石，和他們的關係可就沒有這麼好了。王安石推行新法，激起朝廷中的反對聲浪，文武百官分裂成新黨、舊黨兩大派，新黨以王安石為首，舊黨則以司馬光為首。歐陽修、三蘇等人是親舊黨的，像蘇軾就曾因看出弊端而反對新法中的許多條款，兩人也常因政治理念不合而唇槍舌戰，甚至蘇洵也寫過文章暗罵王安石。但政治歸政治，文學歸文學，有時還是能看到王安石與蘇軾互相稱讚對方的作品。後來兩人也有和解了。如果沒有政治的紛擾，只談文學與學識，或許他們會成為知己吧！

二十二、歐陽修的「人生自是有情癡，此恨不關風與月」表達了怎樣的人生觀？

「人生自是有情癡，此恨不關風與月。」這兩句話，一直是宋詞中膾炙人口的名句。這兩個句子出自歐陽修的〈玉樓春〉：

尊前擬把歸期說。未語春容先慘咽。人生自是有情癡，此恨不關風與月。

離歌且莫翻新闋。一曲能教腸寸結。直須看盡洛城花，始共春風容易別。

詞的上片，是說在一個宴席上，詞中主角想要告訴那美麗的女子，自己離開後何時會再回來，但還沒開口，女子如春般美麗的容顏，就已先慘淡了。於是主角感慨：人生來就是有感情的，當我們心中因為分離而有憾恨時，這是我們自己不由自主產生的，與外在的任何事物，如風啊月啊的，都沒有關係。雖然我們也會被外在事物所影響，但真正的關鍵還是在於自己的心。

下片繼續說，分離的宴席上，離別的歌曲令人傷心，所以不要再寫新的離歌了，原本的就已經夠讓人肝腸寸寸糾結在一起了。可是，既然離別是人生無法避免的，那我就要在這之前，好好享受當下的美好，就好像我要看盡洛陽現在正盛開的花，看到花都凋謝了，我才要甘心地向春天說再見。

這首詞雖然寫的是離別，可是卻有歐陽修個人對於人生遭遇的看法。人天生就有情感，人生也一定會遇上離別，就像俗諺說的：「天下無不散的筵席。」這些都是不能避免的問題。既然無解，那只好把握所有的當下，這樣的話，就算有那不可避免的一天到來，也至少能把遺憾降到最低了。

因此這整首詞，也可以做另一種解讀。「人生自是有情癡，此恨不關風與月。」這兩句話，可用來解釋人該如何面對痛苦。有的人在面對痛苦遭遇時，會往自己的本心去探討，再找尋解決之道，也許寄託於信仰中，也許是找排遣的方式，但在面對時，都是希望自己不要那麼容易受外界的影響。有的人卻不是如此，例如當一個人失戀，他會覺得世界變得好灰暗，但其實，世界依然沒有改變，地球也還是繼續自轉，因為對世界來說，你的痛苦與它無關，所以我們也可以反過來看，人自會有痛苦，可是對於這世界的所有外物來說，與它都是不相干的。但我們仍要活在這世界上，所以傷心過後，還是得打起精神面對，再回到現實世界中，就像此詞下片的「直須看盡洛城花，始共春風容易別」一樣。這樣的解讀，或許並非歐陽修的本意，但由他如何看待離別這件事，還是能看出他的一些人生態度。

還記得《少年Pi的奇幻漂流》這部電影嗎?在Pi和老虎理查．帕克終於上岸後，Pi非常感謝老虎，因為他覺得，如果沒有老虎激起他的求生本能，他可能活不下來，但是老虎最後頭也不回的走了，就好像從來沒有認識過Pi一樣。Pi的心裡應該是失落的，但是，老虎不就像風與月一樣？不就像無論如何仍繼續運行的世界一樣？Pi心中有再多感慨、情感，對老虎而言，是與牠無關的。很殘酷，但也很真實，若用這個情境再去理解「人生自是有情癡，此恨不關風與月」，便也不得不讚嘆歐陽修，他的人生觀照仍是有道理的。

最後，這部電影有幾句經典臺詞：「我猜，人生到頭來就是不斷地放下，但遺憾的是，我們卻來不及好好道別。」這一點正與「直須看盡洛城花，始共春風容易別」呼應，如果怕來不及好好道別，就把握每個當下，免得後悔。這也是歐陽修此詞的一個特色：用積極、豁達的態度去面對每個問題，才是人生繼續往前的動力！

延伸知識

「雲雨」是什麼意思？

在「此恨不關風與月」中，由於有「風月」兩個字，所以也有人把它解釋成

「風花雪月」，也就是男女情愛的意思，畢竟宋詞中，這種描寫情愛的題材非常多，但這樣解釋又與「人生自是有情癡」一句有矛盾。其實，「風月」一詞有幾個意思，可指清風明月，也可指男女之情、男女歡好，或指從事色情交易的場所等。而歐陽修這首〈玉樓春〉中「風與月」的解釋，比較偏向第一個意思，並再進一步用清風明月代表外在的事物。

至於指男女情愛之事的詞，除了「風月」外，還有「雲雨」，這個詞常被拿來指男女歡好，而它的由來，和宋玉所寫的一篇〈高唐賦〉有關。這篇賦中提到，楚懷王曾遊巫山，因為疲累而睡著，夢中遇見一名女子，女子說她是巫山之女，聽說楚懷王來了，願和他共枕而眠，於是楚懷王就和巫山之女纏綿了一番，此女臨走前，對楚懷王說：「我在巫山南面最高的地方，早晨為朝雲，黃昏為飄忽的行雨。」後來，「雲雨」一詞就變成男女歡好的代稱。不過，這個詞也會被拿來比喻恩澤、分離，或只是雲和雨這幾種意思。

中國的某些詞彙，常常除了字面上的意思以外，又另有象徵意義，或延伸的意思，就跟「風月」、「雲雨」一樣。我們必須要了解這些詞出現時，究竟是何種意義，尤其是讀詩詞時，要與前後文合看，根據情境和脈絡去判斷，這樣才不會誤解了詩詞中的意思。

二十三、如果宋代也有金曲獎，誰會得最受歡迎詞人獎？

北宋有位詞人，名叫柳永，他所寫的歌詞，在當時可說是廣受大眾歡迎，流傳範圍之廣達到西夏，連大文豪蘇軾也受過他的影響。葉夢得的《避暑錄話》中，就有一句話說：「凡有井水飲處，即能歌柳詞。」意指有人聚集的地方，那地方就流行著柳永的歌詞，可見當時柳詞之盛行。

柳永，本名三變，後改名為永，字耆卿，因為在家族中排行第七，所以又叫柳七。他年輕的時候，都在首都汴京生活，當時的汴京非常繁華，到處都有歌樓酒館。他流連其中，加上本身具有音樂和作詞的才氣，因而逐漸成為紅極一時的詞人。在當時，只要有新的音樂出現，樂工一定會先求柳永幫忙填詞，然後才傳唱出去，這就好像如果某個歌手能和知名作曲家或作詞家合作，推出新歌的話，這首歌就更容易紅一樣。

除了樂工，歌妓們也爭相希望能得到柳永創作的詞，一方面是因為柳永的名氣，一方面也是他和歌妓們的關係都不錯，當時在歌妓間還流傳一段話：「不願君王召，願得柳七叫；不願千黃金，願中柳七心；不願神仙見，願識柳七面。」可見他這個人與他的詞，紅到發紫，所以「最受歡迎詞人獎」可說當之無愧。

然而，他在作詞這個領域雖是如魚得水，仕途方面卻多舛難行。其實，柳永來自官宦世家，家中的男性幾乎都是進士，但是柳永卻常與歌妓親近，流連歌臺舞榭之中，作的又是被當時文人視為「不登大雅之堂」的詞，而且很多還寫得很通俗露骨，因此備受讀書人的輕視。他的個性也比較狂放，例如他曾在考場失意時，寫了「忍把浮名，換了淺斟低唱」，意指願把如浮雲般的功名，換成喝酒唱歌的生活。雖然接下來他還是去考試，卻不知他寫的那兩句詞早就傳到皇帝面前，皇帝就叫他去填詞吧！不用來求這「浮名」了。可見他在皇帝、文人心目中，形象卻是黑得發亮。

後來，一直到他大約五十歲時，才成為進士，也做了官，但仍不太得志，據說過世時窮困潦倒，喪葬費用還是歌妓們湊錢才有著落。綜觀他的一生，有人批評他放浪墮落、人品不好，骨子裡根本是熱衷名利的；但用另一個角度來看，他畢竟生於仕宦之家，或許仍受傳統思想的影響，認為這才是「務正業」，而且從他的其他作品也可以看出他對社會問題的關懷，甚至後來在做官時，政績是受到肯定的，只因性格和才華與傳統思想多有牴觸，才會造成他的人生有這許多矛盾。

有趣的是，他的詞也與他的人一樣矛盾。柳永的詞歷來評價兩極，有部分作品過於俗豔，但也有些作品是很好的。可是有時不得不承認，俗豔的口味比較大眾化，所以在當時才這麼受歡迎。但他畢竟是文人出身，靈魂中也有文人的一面，隨著年紀漸長，也就不再如年輕時這麼放蕩不羈了。他對人生的感慨變多，也使得他寫出許多優秀的作品，開創了另一條宋詞創作之路。

延伸知識

柳永與歌妓的關係

柳永與歌妓的關係很密切、友好，其實也可說是互相幫襯，根據宋代羅燁的《醉翁談錄》記載，只要是柳永出品的詞，都相當受歡迎，而歌妓們也會反過來，以金錢財物回報。還有一次，柳永經過一間酒樓時，裡面有個才藝出眾的歌妓叫住了他，先是責備柳永久未出現，然後就向柳永索詞。柳永拿出一紙花箋，正要作詞時，另一個歌妓劉香香出現了。柳永正要藏起花箋，卻仍逃不過劉香香的眼睛，於是劉香香便要求柳永作詞的時候，把自己的名字寫進去。沒想到，這時另一個歌妓錢安安也出現了，於是三個人一起看著柳永作詞。柳永應要求寫了首〈西江月〉，把三個歌妓的名字都寫進去，而內容就是些打情罵俏的句子，但三個歌妓還是高高興興地設宴款待他。

不過，也就是因為柳永常作較俗豔的詞給歌妓唱，使得自己的名聲變得不太好。有一次，他去拜謁宰相晏殊，希望受到提拔，但晏殊問他：「賢俊作曲子（詞）麼？」柳永回答：「只如相公亦作曲子。」晏殊就說：「殊雖作曲子，不曾道『彩線慵拈伴伊坐』。」然後拒絕了柳永。像柳永詞作中「彩線慵拈伴伊坐」這樣的句子，就是常讓文人所詬病之處，因為太直白、通俗，一點餘味也沒有，但此詞若和剛才那首〈西江月〉相比，恐怕還算文雅的了。其實，就因為他常在酒樓歌館流連，與歌妓關係密切，如果都寫文雅之詞，大概也不太適合。儘管如此，還是不能抹滅柳永對於詞的推廣和流傳所做的諸多貢獻。

相傳柳永死後，不僅是由歌妓出資合葬，之後每年清明，她們還會相約到他的墳上灑掃祭祀。這在後來還成為一種風俗，被稱為「弔柳七」或「弔柳會」，直到南、北宋之交才逐漸消失。

二十四、為什麼蘇軾的名字和車有關？

蘇軾，字子瞻，號東坡居士。他大概可以說是宋朝，甚至是整個中國歷史上，最有名的文人了，而他的詞，更是千百年來傳頌不衰。但相信不少人都曾好奇過，他的名字為何會和車子有關呢？

蘇洵曾經寫過一小篇文章〈名二子說〉，說明他給蘇軾、蘇轍兩兄弟取名的用意。關於蘇軾，他是這樣說的：「輪、輻、蓋、軫，皆有職乎車，而軾獨若無所為者。雖然，去軾則吾未見其為完車也。軾乎，吾懼汝之不外飾也！」這段話的意思是說：組成車子的各個部位，像輪子、車輻（把車輪中心的圓木與輪圈連接起來的直木，呈輻射狀）、車蓋（車上遮蔽的蓬子）、車軫（車廂底部的橫木），都是有其功用的，少了其中一個，車子便不能行走。但「軾」（車前可供依憑的橫木，古人乘車時，會站立以手扶軾，表示敬意），卻好像是可有可無的，因為少了它也不會影響車子的運行，可是，如果把軾拿掉，車子也就不完整了。所以，給孩子取名為「軾」，就是希望他不要忘記那禮貌的重要性。

如果把車子比喻成人生，那麼聰明、才智、學問等就像輪輻蓋軫一樣，是實用的，至於像禮貌這樣的處世哲學，雖然感覺不如聰明等實用，卻是不可缺少的，因為一個人如果太過聰明外露，不懂謙虛掩飾或過於自滿，自然就容易樹大招風，招來許多不必要的麻煩。蘇洵正是了解到蘇軾實在太聰明，希望他懂得適當的修飾自己，注意處世的態度，才會給他取這樣的名字。而且，「軾」在車上的重要性比較不高，所以，這裡也有一點要蘇軾懂得低調的意味在。

古時候的人，除了名以外，還有字，且名與字的意義通常會有關聯，蘇軾字子瞻，也不例外。《左傳．曹劌論戰》裡有句話說：「下視其轍，登軾而望之。」意指登上軾遠望，「瞻」這個字就是取「遠望」的意思，希望蘇軾能永遠向前看，也期許他能受人仰望，有一番成就。畢竟，以蘇軾的才華來說，必然還是能出人頭地的。

給孩子取名，向來是父母的重大責任，因為名字就像是給孩子的祝福或期許，而且很多人都相信，名字取得好，對一個人的命運也會有幫助。從〈名二子說〉中，我們可以看出蘇洵對兒子的取名不僅用心，也是充滿期許和叮嚀的。但是，蘇軾長大後到底有沒有如蘇洵所盼望的那樣呢？綜觀他的一生，確實是遇上不少忌妒他才華的人，而蘇軾過於聰明，為人又正直敢言，所以很多東西往往看得太明，又無法得過且過，也確實給自己帶來不少麻煩，但幸好他是能看得開的人，在遇到困境時，也能盡量保持豁達樂觀。所以，他的處世哲學，重點也許不是放在低調、內斂，因為這和他天生的性格不符，但他也不會一味的自滿驕傲，而是真實地做自己，並試圖找出自己人生的出口和價值，有自己的一套智慧。

蘇轍的「轍」又有什麼意涵？

蘇洵的〈名二子說〉中提到：「天下之車，莫不由轍，而言車之功，轍不與焉。雖然，車仆馬斃，而患不及轍。是轍者，善處乎禍福之間，轍乎，吾知免矣！」轍，指的是車行過後輪胎的痕跡，而蘇洵為何要用輪胎痕跡來給蘇轍命名呢？原來，蘇洵認為，路，是車行的痕跡走出來的，雖然，如果講到車子有什麼功用，往往不會論及這些痕跡，可是，要是車子出了車禍，車翻馬死，車行的痕跡也不會受到什麼損害，所以說轍善於處在禍福之間，能避開凶險。

更進一步說，車痕多了會開出一條路，也就表示這條路是比較平坦、安全的，所以只要循著這條路走，大概就不會有太大的問題。而「由」這個字，便有遵循之意，所以蘇轍字子由，就是希望他平順的遵循著前人走出的平坦之路，免於災禍。

和蘇軾相比，蘇轍的人生確實比較平順些。他的才華、表現雖然沒有蘇軾亮眼，但他的低調溫和也讓自己免於許多麻煩。蘇洵了解蘇轍的才性，所以不要求他大富大貴，只期許他一生能平順地度過，就算平凡一點也沒有關係。從這裡，我們也能看出蘇洵教育孩子的智慧，因為，他寫〈名二子說〉時，是在考科舉失敗之後，此後他死了心，轉將希望寄託在兒子身上，但他了解適情適性地教導孩子，是件重要的事，而不是強將自己的觀念，或自己對成就的追求加在孩子身上，這點是相當難得的。

二十五、赤壁之戰的千軍萬馬，只為女人？

唐朝詩人杜牧曾作一首詩〈赤壁〉，裡面有兩句是這樣說的：「東風不與周郎便，銅雀春深鎖二喬。」意思是說，如果東風沒有給周瑜方便的話，那江南美人大喬、小喬，就要被深鎖在曹操所建的銅雀臺中了。在歷史所記載的赤壁之戰中，孫劉聯軍能夠以少勝多的關鍵，就是因為東南風助長了他們的火攻，使得曹操大敗，但並未提及二喬。所以，詩句中二喬成為曹操俘虜的事，是杜牧根據這段歷史，自己再想像而成的，也算是較早將小喬與赤壁之戰聯想起來的作品。而後，最有名的要屬蘇軾〈念奴嬌．赤壁懷古〉了。

〈念奴嬌．赤壁懷古〉可說是蘇軾作品中最有名的，不僅寫得好，也顛覆了詞多寫豔情的傳統，所以名氣非常大。但是，也有人不認為這首詞是經典，而問題就出在詞裡的小喬。例如清代的沈時棟就曾在他編選的《古今詞選．選略》中說，蘇軾此詞雖膾炙人口，但「小喬初嫁了，雄姿英發」卻是「白璧微瑕」，因為周瑜本來就雄姿英發，怎麼會是等小喬嫁給他以後才這樣的呢？而歷來許多讀者在看這首詞的時候，也不免會疑惑，小喬為何突然出現在這裡？因此對於這兩句話的解釋，也就產生了不同的看法。

有說法是將「小喬初嫁了，雄姿英發」跟杜牧的想像連結，解釋成，因為曹操此戰還有得到二喬的目的，所以打敗曹操，使娶得小喬的周瑜越發得意。另一種說法，則是蘇軾作此詞的時間，差不多是他將朝雲納為妾時，因為也有新婚甜蜜得意之感，所以此處寫出小喬，來襯托周瑜的春風得意。不過，無論怎麼解釋，都要注意到一個重點，就是赤壁之戰時，周瑜和小喬並非新婚。以蘇軾之博學，他未必不知道此點，可能和杜牧一樣，也是運用文學家的想像罷了，為的是營造出周瑜的功業卓著，所以小喬一定是用以襯托周瑜的。周瑜在此處愈是意氣風發，就愈能呼應前面的「千古風流人物」、「一時多少豪傑」，也就愈能帶出即便是這樣的人物，也難逃「浪淘盡」的命運，所以才會「人生如夢」。

後來，《三國演義》第四十四回的情節，就曾出現諸葛亮在說服周瑜與之聯軍時，故意說曹操有一心願，便是把江東二喬置於銅雀臺，以樂晚年，周瑜因此大怒，更加痛恨曹操，這或許正是受了杜牧與蘇軾的影響。可是，不論是杜牧、蘇軾還是羅貫中，把二喬與赤壁之戰聯想在一起的情節，其實與歷史不符，我們只能說，這或許正是文學家浪漫的一面。而在曹操被冠了「醉翁之意在二喬」的想像之後，也就難免讓人覺得，這場赤壁之戰的千軍萬馬，是否真的只為了女人？

〈念奴嬌．赤壁懷古〉的雄豪與曠逸

〈念奴嬌．赤壁懷古〉全詞如下：

大江東去，浪淘盡、千古風流人物。故壘西邊，人道是，三國周郎赤壁。亂石穿空，驚濤拍岸，捲起千堆雪。江山如畫，一時多少豪傑。

遙想公瑾當年，小喬初嫁了，雄姿英發。羽扇綸巾，談笑間，強虜灰飛煙滅。故國神遊，多情應笑我，早生華髮。人間如夢，一尊還酹江月。

上片的開頭，就先展示了一幅壯闊的場景，說那滾滾大江水往東流去，浪花沖洗了多少千古英雄人物。在舊時堡壘的西邊，人都說那曾是三國赤壁之戰的地點。那陡峭的石壁好像要穿破天際，洶湧的波濤拍在岸邊，就像捲起了千堆雪花一般。那江山就像圖畫一樣，一時間，曾經出過多少豪傑。下片轉而寫周瑜，蘇軾遙想當年周瑜的樣子，才剛與小喬新婚，是多麼英姿煥發，手拿羽扇，頭戴綸巾，在談笑之間，就使敵軍盡數殲滅。假如當年的周瑜，如今魂魄重遊故國，應該會多情的笑，我怎麼這麼早就長出了白髮。人生真如一場夢一樣，想到這裡，我就拿了杯酒，往江中灑去，以祭江中之月。

這首詞以懷想歷史為基調，由描寫周瑜的英雄形象看來，也可看出蘇軾期望能像周瑜一樣，建功立業，可是，雖有雄豪壯志，如今卻白髮已生，還一事無成。再看歷史上，無論多顯赫的英雄，最終仍舊敵不過時間而逝去，只有不受時間影響的明月、長江，才是真正長久遠大的。他沒有因此消沉，反而把自己超脫出來，去看那更為永恆的東西，去悟出更多人生的道理，從此也就更能看出蘇軾的曠逸胸懷。而這種精神正是使此詞能歷久不衰的原因。

二十六、蘇軾是在怎樣的心情下，寫出「揀盡寒枝不肯棲，寂寞沙洲冷」？

宋神宗元豐二年，蘇軾四十四歲，這一年發生了一件大事，讓蘇軾在鬼門關前轉了一圈，而這兩句詞也正和這件大事有關。

當年，蘇軾剛調任到湖州，依照慣例，官員到任時要上謝表給皇上，感謝皇帝的知遇之恩，蘇軾也寫了謝表給神宗，但部分內容被認為有諷刺新法和某些官員之嫌，就被他的政敵拿來大作文章。加上他曾寫過一些描述民生疾苦、批判錯誤政策的詩，這些作品也以無禮於皇帝、惡意毀謗朝廷等罪名，一起由御史（在宋代主掌官員之彈劾）告發到神宗面前。神宗愛才，沒有馬上就嚴懲，只是先交由御史審辦，於是蘇軾被革去官職，押回京城，關入獄中審問。

情況一度很危急，他寫的詩或許不能說完全無辜，但也有不少是政敵們非要置他於死地而故意抹黑、牽強附會的。所幸，有幾個轉折救了他。

首先，他的長子蘇邁每天都會到獄中送飯，蘇軾與他約定，如果自己的案情有了不好的發展，就在飯菜中放魚暗示。結果一次蘇邁有事，就託朋友送飯，卻忘了把這個約定告訴朋友，朋友又恰巧送了魚進去。蘇軾看到後大吃一驚，以為自己大概要被判死罪，就寫了兩首詩給蘇轍，詩中懇切的訴說對蘇轍的兄弟之情，和對皇帝的感恩與自己的懺悔。這兩首詩後來傳到了神宗面前，感動了神宗。

再者，曹太后一向欣賞蘇軾，但審問期間，正好遇上曹太后病逝，可她在臨死前特地交代，蘇軾是遭人誣賴的，囑咐神宗千萬不可錯殺無辜。在此之後，有一天深夜，蘇軾的牢房裡進來了一個人，蘇軾以為是其他罪犯，便不疑有他，繼續睡覺。結果天快亮時，那人突然把蘇軾推醒，還恭喜他，蘇軾一開始莫名其妙，後來才知道，原來那人是神宗派來暗中觀察他的。回去以後，那人向神宗稟報，說蘇軾在獄中睡得很好，鼾聲大作，這是沒做虧心事的人才有辦法如此，這一點，被神宗所採信了。

當然，除了神宗、曹太后愛才，還有蘇轍與不少蘇軾的友人，也明裡暗裡的幫助他不少等原因，才使得蘇軾最後沒被判死罪。但死罪可免，活罪難逃，於是他被貶為黃州團練副使（類似今天民間自衛隊的副隊長），這次事件被稱為烏臺詩案（烏臺就是御史臺，御史辦公的地方）。大劫歸來，蘇軾對人生的看法不同了，雖內心的節操未改，但才被貶謫，心中仍有淒涼驚惶之感，於是在元豐三年剛到黃州時，寫下了〈卜算子．黃州定慧院寓居作〉：

缺月掛疏桐，漏斷人初靜。時見幽人獨往來，縹緲孤鴻影。
驚起卻回頭，有恨無人省。揀盡寒枝不肯棲，寂寞沙洲冷。

這首詞的大意是說，不圓滿的月，看起來像掛在稀疏的桐樹枝上，此時正是夜深人靜，沒有人能見到幽人獨自徘徊，只有那隻飄緲而飛的孤鴻。孤鴻突然地驚飛又回頭，心裡有恨卻無人明白，在這深夜，挑遍了枝頭卻不肯棲息於上，寧願寂寞的在沙洲上忍耐著冷清。此詞中的人與孤鴻是雙關，講孤鴻亦即在講人。

「揀盡寒枝不肯棲，寂寞沙洲冷」後來成為名句，不僅寫出了蘇軾內心高潔的人格——即便在一片淒清孤獨之中，即便遭逢過大難，又處於被貶而不安的生活中，我依然堅持不同流合污，寧願在冷清的沙洲度過，也不願去攀高枝——同時亦道出了一種無人能理解我的孤獨感，但就算不被理解，還是要勇於做自己的決心，所以感動了不少失意的人。

延伸知識

仰慕蘇軾的癡情女子

關於蘇軾這首〈卜算子・黃州定慧院寓居作〉，還有一個故事。《東園叢說》中記載，蘇軾年少的時候，經常在夜裡讀書，鄰居有個女子，就經常偷聽他的誦讀之聲。有一天，女子主動示好，但蘇軾一開始沒有答應，只約定要等他博取功名之後，再來談兩人的婚事，可是後來蘇軾卻娶了別人。再過幾年，蘇軾問起這個女子後來嫁給了誰？才知道女子堅守與他的約定，不肯出嫁，後來去世了。這首詞就是感慨此事而寫，詞的最後兩句，也被解讀為是那名女子不肯找個人嫁了，結果孤獨而死。

不過，這個故事應該是後人附會的成分較大，因為記載當中有錯誤，且蘇軾自己都說這首詩是寓居於黃州時所作的了。會被附會，或許是因為蘇軾向來有名，也或許，是有那喜愛蘇軾的人，覺得此詞的內容仍有些敏感，才故意牽扯出這個故事。當然，蘇軾如此高的才情，有女子仰慕是很正常的，例如蘇軾的續絃王閏之，本是其元配王弗的堂妹，比蘇軾小了十二歲，一直都很敬佩他，後來王弗過世，王閏之才嫁給蘇軾，且在烏臺詩案及後來蘇軾的幾次貶謫，都不離不棄。她將蘇軾與王弗所生的孩子，視如己出，給了他很大的支持，實為一個賢妻良母。

二十七、性格豁達的蘇軾，也會有想逃避人世的時候嗎？

綜觀蘇軾的一生，實在是起起伏伏，而他人生第一次重大的轉折，也是第一次最大的挫折，就是烏臺詩案所導致的貶謫。但是他生性豁達，也總是在尋找排解不順的方法，所以多次的人生挫折，他不僅挺過來了，還不斷的從這些逆境之中，轉換心情與人生觀。

在烏臺詩案之後，他被貶到黃州做團練副使，且「不得簽書公事」，也就是說，這只是空有頭銜的官職，卻沒有什麼實際的權力，甚至還是被看管的犯官，對於有理想抱負又有自尊的人而言，這無疑是一種折磨。但是生活還是要過，所以儘管當時經濟不佳，又處於罪人這種不安的狀態下，蘇軾還是盡力的去適應。

在黃州待了三年左右，元豐六年時，有一天，蘇軾和朋友喝酒，並把這件事情記錄了下來，寫成一首詞〈臨江仙．夜歸臨皋〉：

夜飲東坡醒復醉，歸來彷彿三更。家童鼻息已雷鳴。敲門都不應，倚杖聽江聲。

長恨此身非我有，何時忘卻營營。夜闌風靜縠紋平。小舟從此逝，江海寄餘生。

臨臯是指黃州的臨臯亭，也是他當時的住所，旁有長江，所以此詞是寫於他和朋友在東坡喝酒，醒了又醉，醉了又醒，回家後又遇到的事情。詞一開始就說他夜晚喝酒，回到家時都已經三更天，非常晚了，所以家中的僮僕也已睡下，且鼾聲如雷鳴，任憑蘇軾怎麼敲門，都無人應，因此他只好與朋友一起，拄著手杖，聽著江聲。

然而，夜深人靜，聽著江水不斷流逝的聲音，難免會使人想起許多事情來，所以蘇軾開始感慨了。他說「長恨此身非我有」，這是出自於《莊子．知北遊》，在這裡形容的是人被外界所拘束，身不由己的感受。而「營營」，也是出自《莊子．庚桑楚》，此處是自問到底何時才能忘卻汲汲營營？連用兩個莊子的典故，可知他此時有一種想要忘卻名利的心情。所以接下來，他才會說「小舟從此逝，江海寄餘生」，希望從此能乘著小舟，往那江海去寄託餘生，再不管人世間的紛紛擾擾。

當然，從詞的末兩句看，人們難免會以為這是他一時的感慨，消極地想逃避人世和社會。但若了解蘇軾的性格，會發現這其實也不能算是逃避，因為在不得志的狀況下，無法改變外界，就只好改變自己，所以蘇軾轉而追求一種精神上的理想、自由的人生。「小舟從此逝，江海寄餘生」，就是這種嚮往自由的呈現。因此，蘇軾對於自己的人生，其實不是放棄，而是瀟灑以對。

不過，這首詞後來鬧出了一個笑話，據葉夢得《避暑錄話》記載，蘇軾作了此詞後，與朋友大唱了幾遍就散會了。結果隔天一早，大家開始盛傳蘇軾晚上作了此詞後，就真的駕船長嘯而去了。當時的郡守徐君猷知道後，嚇了一大跳，因為丟失犯官可是大罪，連忙派人去找，最後卻發現蘇軾正在家中睡覺，鼾聲如雷，真是虛驚一場。

延伸知識

蘇軾在黃州的生活

因為烏臺詩案，蘇軾被關了四個多月，然後貶至黃州。初到時，身上的錢不多，只好精打細算的過日子。在蘇軾寫給秦觀的信中，就提到他一天所用不能超過一百五十錢，所以每到月初，就把四千五百錢，分成三十串，掛在屋樑上面，每天早上用畫叉挑下一串，又準備了一個大竹筒，當天若有剩錢，則把錢存在裡面，做為有客上門時的招待之用。

除了節儉度日，蘇軾的友人馬正卿也幫他求得數十畝地，這塊地位於黃州東邊的山坡，所以他就自號「東坡居士」，開始了躬耕生活。一開始，因為地荒廢已久，開墾不易，還遇上旱災，讓蘇軾吃了不少苦頭。同時，他也開始了庖廚生活，他發現黃州豬肉很便宜，便寫了〈豬肉頌〉，說明如何烹煮豬肉，還感嘆豬肉其實好吃又便宜，但有錢人不屑吃，窮人又不知道怎麼料理，而他擅長此道，後來還發展出了東坡肉。此外，他也發明了「東坡羹」，是一種將甘藍、白蘿蔔、蕪菁等蔬菜混在一起煮成的菜羹，不添加醬料，為的是吃蔬菜的自然甘甜。像這樣以尋常之物煮出的尋常料理，對蘇軾而言，卻有一種平淡的幸福。

此外，蘇軾也發現民間多有因為養不起而溺嬰或棄嬰的事件，像黃州附近的鄂州，照例只養二男一女，如果生到第四胎，就會把嬰兒按在水盆中溺死，尤其他們不喜歡生女兒，結果導致民間女少男多。因此他上書給鄂州太守，提出解救之道，例如請有錢人捐錢相助，對舉發溺嬰的人給予獎賞，並處罰溺嬰的父母等。蘇軾自己也會固定捐錢，並在黃州成立救嬰兒的慈善會，在他與鄂州太守朱壽昌的努力之下，確實救了不少嬰兒的性命。

若說蘇軾一直在逆境中追尋安身立命之道，則他在黃州的生活方式，就是一個很好的例子。不論在生活或者精神上，他都很努力豁達的活著；只要他有能力可以幫助別人，他也不會獨善其身，加上他在各方面的才華，難怪在世時受到很多人尊敬，過世後也依舊受到後人的推崇。

二十八、蘇軾為何成為被貶最遠的詞人？

蘇軾的一生起起伏伏，曾受重用，卻也時常因為政治立場與政敵的迫害而被貶謫。他一生有三次嚴重的貶謫，第一次是貶到黃州，再來是惠州和儋州。其中，儋州是最遠的，也就是今天的海南島。海南島已經是北宋國土的邊界了，在當時人的心目中，那裡窮鄉僻壤，蠻荒不已，從來沒有詞人被貶到那裡過，蘇軾又為何會被貶到那裡呢？

蘇軾在第一次被貶黃州後又重新受到起用，而且是高太后的重用，但是朝中的局勢依舊變化無窮。雖然與蘇軾敵對的新黨已失勢，可是過去他也曾得罪過舊黨的人，因此雖然獲得高太后的支持，蘇軾還是覺得自請外調比較好，避免鬥爭。於是他被調到了潁州，再轉往揚州，一度又回到京城。後來高太后去世，宋哲宗開始親政，他是支持改革的，所以以章惇為相，重新得勢的新黨便把過去反對新政的人，通通給予罪名。蘇軾也在劫難逃，就這樣一路被貶到惠州（今廣東惠陽縣）去了。

惠州偏遠，旅途非常辛苦，但蘇軾喜歡這裡的風光，性格又豁達，也在此寫下不少文學作品。蘇軾被貶到這裡時，已是晚年，他本以為自己會在這裡終老一生，但沒想到三年後，一道貶謫的命令又下來了，把他貶去了儋州。相傳他會被貶去儋州，有兩個說法，都與章惇有關。章惇年輕的時候，和蘇軾其實是好朋友，烏臺詩案時，也出過力設法解救蘇軾，但後來因為政治立場不同，就分道揚鑣了；也有人說，章惇其實是很嫉妒蘇軾的，總之，把蘇軾貶去儋州，是章惇的主意。一種說法是蘇軾曾在惠州作了一首詩，裡面寫著：「為報先生春睡足，道人輕打五更鐘。」顯示出他在春天午睡的悠閒生活，後來此詩傳到章惇那裡，蘇軾被貶了，居然還能這麼輕鬆愜意，實在讓他看不過去，所以就乾脆再把蘇軾貶得更遠。另一種說法，則是章惇要貶謫蘇軾、蘇轍兄弟，於是用他們的字「子瞻」、「子由」來決定貶謫之地：「瞻」與「儋」字都有「詹」，「由」和「雷」字都有「田」，所以他們就分別被貶到儋州和雷州了。其他被貶的人，也是依這個模式決定。

到了海南島，這裡的生活幾乎無法和之前相比，且朝中小人經常從中作梗，害他差點連房子都沒有。他在〈與程秀才書〉中說：「此間食無肉，病無藥，居無室，出無友，冬無炭，夏無寒泉。」可見其生活之困苦。但蘇軾還是沒有意志消沉，他仍然認真地過日子，例如，找不到好的墨作畫寫字，他就乾脆自己製墨，結果差點把房子燒掉；他又四處採集藥草，研究療效；甚至，還鼓勵島民耕作、推行教化等等，可以說，他在精神上一直都沒有被政敵打倒。

後來，哲宗過世，徽宗繼位。章惇因為曾反對立徽宗為帝，所以失勢。向太后有意調和新舊黨爭，過去被貶的人全都獲赦，蘇軾得以北歸，後來還獲准自由定居。北歸的路上，他受到極大的歡迎；反觀章惇，被貶之後，沿途倒是吃了不少苦頭。繼惠州之後，蘇軾本以為自己會老死儋州，沒想到有生之年，又能獲得赦免，但這時也接近他生命的盡頭了，被赦免以後，隔年他逝世於常州。

一代大文豪殞落了，如果這樣的天才，隨波逐流，或許他會一生順遂，然後最終被埋沒；但他「不合時宜」，所以一生坎坷，卻留給世人無限的追想，但我們也無須替他感到惋惜，因為，這不就是他的選擇嗎？

延伸知識

蘇軾對海南島的影響

宋代時，由於海南島地處偏僻，很少開發，所以教育、建設都非常少，但如果今天再到海南島去，會發現這裡已成了度假勝地，不少人也選擇在海南島結婚、度蜜月，儼然夏威夷一般。除此之外，在海南島還可以發現許多當年蘇軾所留下的痕跡，例如當年蘇軾居海南島時的遺址東坡書院、紀念蘇軾的蘇公祠等。蘇公祠中，仍保有當年蘇軾親手所寫的〈行香子〉、〈臨江仙〉兩首詞，這些都令人感受到，蘇軾在海南島的影響力至今不減。

蘇軾當年被貶海南島時，雖已垂垂老矣，仍在海南島樹立了不少政績。例如開設學堂講學，使得一直沒有出過進士、舉人的海南島，幾年間就出了符確這位進士，以及姜唐佐這位舉人，他們都是蘇軾在海南島的學生。推行教育的成功，可說是蘇軾在此一個很大的貢獻。

此外，蘇軾居海南島時，發現當地的水質不大乾淨，喝久了容易生病，所以他又想辦法鑿出了兩個水源。這兩個水源如今只剩一個，就是在蘇公祠東側的「浮粟泉」（據說是泉水湧出時，水面上經常有小顆的泡泡，好像粟粒的形狀，而有此名稱）。此泉還有「海南第一泉」的稱號，目前是中國國寶級的文物。

從蘇軾在海南島推行的教化與建樹來看，我們不得不佩服，這位胸懷超曠的大文豪，永遠在尋求面對逆境的安身立命之道，也從來不被命運打敗。否則，他年事已高又一生歷盡滄桑，被貶到如此荒遠的地方，要是一般人早就灰心喪志了。也正因為這種精神，所以他的文學作品及人格，才會至今都這麼受人推崇。

二十九、秦觀是怎麼看遠距離戀愛的？

在周星馳所主演的《九品芝麻官》中，有位婦人戚秦氏，被誣陷殺害了丈夫全家人，還與家丁偷情，兇手及幫兇捏造了假證物，說是戚秦氏寫給家丁的情書，裡面寫著：「金風玉露一相逢，更勝卻人間無數，兩情若是久長時，又豈在朝朝暮暮。」其實，這是出自於秦觀的〈鵲橋仙〉一詞，這首詞本是在詠嘆牛郎織女的感情，而牛郎織女的故事，用現代的眼光來看，其實就是一種遠距離戀愛。秦觀發揮了詞人善感的心，寫出他對這對戀人的感覺。〈鵲橋仙〉全詞如下：

纖雲弄巧，飛星傳恨，銀漢迢迢暗度。金風玉露一相逢，便勝卻、人間無數。
柔情似水，佳期如夢，忍顧鵲橋歸路。兩情若是久長時，又豈在、朝朝暮暮。

根據古人對四季的算法，農曆的七、八、九月為秋季，七夕正逢初秋，而「纖雲弄巧」就是形容秋天的雲朵，由於秋雲變化莫測，容易想像成各種東西，所以又稱巧雲；此外，這裡也暗指七夕的「乞巧」[1]風俗。而飛星則指流星，「飛星傳恨」就是當流星劃過天際時，看起來好像在傳遞著兩人的離恨一般。「銀漢迢迢暗度」中的銀漢指的是銀河，此句是說，織女終於能在七夕這一天，渡過千里迢迢的銀河，與牛郎相會了。接下來，「金風玉露一相逢」中，金風是指秋風，玉露則是指秋天晶瑩的露珠，牛郎和織女，就是在金風玉露中重聚，這一次天上相逢，就抵得過人間無數回的相會了。

但是，相逢後就是離別的到來，即便相會時，柔情似水，一切恍如夢中，但時限一到，還是得分開。只覺這短暫的相聚，也像倏忽的美夢一樣，容易消逝。而來時鵲鳥所形成的相會之橋，此時又成了分別之橋，叫人怎麼忍得回顧這條送人回去的歸路呢？不過，兩人的情意若是能長長久久，又哪需要時時刻刻都相會呢？

秦觀看遠距離戀愛，是認為只要感情夠堅固長久，就算沒有日日相見也沒關係，這樣，每次的相會也能更加甜蜜。現在我們也常說一句話：「有距離才有美感。」整天都黏在一起，似乎容易讓感情變得平淡，甚至是常有衝突。可見，遠距離戀愛也不是全然沒有好處，只是無論是哪一種形式的感情，都有它的好壞，單看我們從哪個角度去想了。

另外，明代李攀龍的《草堂詩餘雋》中曾說：「相逢勝人間，會心之語。兩情不在朝暮，破格之談。七夕歌以雙星會少別多為恨，獨少游此詞謂『兩情若是久長時』

---

❶七夕時少女們向織女祈求智慧的習俗，包含穿著新衣、迎風比賽穿針引線、穿過了才能「得巧」，或擺上瓜果祭拜等等。

二句，最能醒人心目。」這段話的意思，可以理解為在過去寫七夕的詩詞中，少有佳作，因為大多在寫牛郎織女時，都是以聚少離多為主題，寫他們心中的離恨，寫多了就變得有些陳腔濫調，只有秦觀，能用另一個比較有美感、新穎的角度，去詮釋牛郎織女的感情，所以使人感到耳目一新。而且，秦觀這樣寫，更能帶出牛郎織女永誌不渝的愛情，也讓所有不能時常與戀人相聚的讀者，增添許多安慰之感。

延伸知識

擅寫感情的秦觀

秦觀，字少游，號淮海居士。他與黃庭堅、張耒、晁補之同為蘇軾的門生，被稱為「蘇門四學士」。據說蘇軾在這四個門生中，最欣賞秦觀的文采，但是，正因為與蘇軾的關係密切，使得蘇軾被政敵打擊時，秦觀也受牽連而被貶，所以仕途並不順利。但他的詩、詞都寫得很好，特別是詞，歷來對他的評價都很好，在說到宋詞時，不能不提到這個人。

蘇軾的詞，題材與風格多變，他「以詩為詞」的創作方式，開了詞的另一條路；但秦觀不同，他的詞作還是多以感情為題材，他擅於發揮詞抒情的特點，並與自然景物作結合，加上能蘊含深遠且真摰自然的情意，沒有太過雕琢華麗的語言，所以能夠愈讀愈有味道。在他被貶謫之後，許多暗含被貶後心情的詞作，依舊是用一種含蓄、婉約的方式去寫，十分難得。所以他寫的雖是傳統的詞，卻仍能自成一家。

三十、秦觀的「郴江幸自繞郴山，為誰流下瀟湘去」為何讓蘇軾感動不已？

蘇軾曾在他的扇子上，寫下兩句他酷愛的詞：「郴江幸自繞郴山，為誰流下瀟湘去。」這兩句是出自於他門下的學生——秦觀的〈踏莎行〉。這兩句詞為何會深受蘇軾喜愛呢？我們可先來看這首詞是怎麼寫的：

霧失樓臺，月迷津渡，桃源望斷無尋處。可堪孤館閉春寒，杜鵑聲裡斜陽暮。
驛寄梅花，魚傳尺素，砌成此恨無重數。郴江幸自繞郴山，為誰流下瀟湘去。

宋代的政壇，一直有新舊黨爭，兩黨勢力的消長，一直是看主要的掌權者，如皇帝或太后比較支持哪一派。元豐八年時，宋神宗駕崩，哲宗即位，但年紀太小，所以由哲宗的奶奶高太后聽政。高太后是傾向舊黨的，立刻就起用了司馬光為宰相，蘇軾等人也再度受到重用，秦觀自然也被蘇軾提拔。但是再過幾年，在元祐八年時，高太后過世，長大了的哲宗親政了，開始重用新黨，打擊這批過去受到重用的舊黨大臣，後來蘇軾被貶惠州，秦觀也被貶郴州（今湖南郴州）。

秦觀懷著惴慄不安的心情，到了那裡，只見一片荒涼，〈踏莎行〉就是在這樣的情況寫下的。開頭三句，講的就是一種迷茫、不安、理想破滅的心情：高聳的樓臺被濃霧所遮掩，象徵的是自己高遠的志向被蒙蔽了；可供船隻來往的渡口在朦朧月色下，也看不見了，象徵的是自己人生方向、出口的迷茫。在這裡，霧與樓臺、月與津渡，都是虛構出來的場景，為的是描寫詞人的心情。而「桃源望斷無處尋」的「桃源」，指的是陶淵明筆下的桃花源，秦觀借用了這個典故，一是因為〈桃花源記〉中曾寫到：「晉太原中，武陵人捕魚為業」，「武陵」和郴州一樣都在湖南；二是桃花源是陶淵明心目中的理想世界，但故事的結尾，卻是這個桃花源再也找不到了，所以秦觀也借來指自己的理想是「望斷無處尋」的。

前三句是以虛景來描述自己的心情，但接下來「可堪孤館閉春寒，杜鵑聲裡斜陽暮。」卻是實際寫詞人的處境。由於秦觀到郴州時，幾乎沒有家人的陪伴，所以秦觀才用「孤」這個字，帶出他孤獨居住在此的感受。春寒封閉住了他所住的孤館，已是令人難以忍受，卻又不停聽見杜鵑鳥的啼聲說著：「不如歸去[1]。」實在是令人斷腸。詞的上片，可說是寫盡了作者失意與孤獨的雙重痛苦。

---

[1] 相傳在很久以前，蜀君杜宇死後化為杜鵑鳥，這種鳥的叫聲聽起來像是在說「不如歸去」，因而經常引發思鄉之愁或離愁。

下片的「驛寄梅花，魚傳尺素」，是指書信、音信。「驛寄梅花」是個典故，三國時的陸凱，曾折了一枝梅花寄給遠方好友范燁，並寫詩說：「折梅逢驛使，寄與隴頭人。江南無所有，聊贈一枝春。」而「魚傳尺素」，是指信紙還沒普及時，古人總會以絹帛寫信，再置於魚形木板中寄出。秦觀此處用了兩個關於通信的典故，是指遠方親友寄來的書信。然而，這些書信卻引發詞人無數的恨——有離恨，也有對人生如此的憾恨，而這些恨是那麼沉重，一重一重的堆砌了起來，也使詞人發出了無奈之語：「郴江幸自繞郴山，為誰留下瀟湘去。」郴江的水發源於郴山，本來是好好的繞著郴山而流，但為何又要離開，流到瀟水和湘水去呢？這兩句詞，正道盡了「無可奈何」四個字。也許郴江是不想離開郴山的，但現實卻是必得離開；就像詞人，他是不想離開親友的，更不欲人生的理想落得一場空，可是，現實卻不得不使他如此，所以他也有一種「我到底是為誰變得如此呢？」的感慨。

「郴江幸自繞郴山，為誰留下瀟湘去。」這兩句，可以說是神來一筆，把人生那種身不由己的無奈比喻得極好，也難怪「同是天涯淪落人」的蘇軾，會如此喜愛這兩句詞了。在秦觀過世後，蘇軾除了把這兩句題在扇子上之外，還寫了「少游已矣，雖千萬人何贖」，意思是說，秦觀已過世，即便再有千千萬萬的人，也沒人能代替得了他，可見，蘇軾對於這個學生，也是相當惋惜和欣賞的。

蘇軾與秦觀的師生之情

秦觀身為「蘇門四學士」，也是蘇軾最喜愛的學生。據《宋史．秦觀傳》記載，秦觀初見蘇軾時，作了〈黃樓賦〉，蘇軾便讚賞他有屈原、宋玉般的才華。往後，秦觀的仕途也受了蘇軾的得意與失意影響，但被貶以後，兩人由於距離遙遠，不得相見，只能靠著書信維持感情。

蘇軾被貶惠州以後，又被貶到儋州（海南島），秦觀也被貶到雷州。等到宋徽宗即位、向太后攝政，蘇軾等人才又獲得赦免。蘇軾在回到中國本土的路上經過雷州，與秦觀見了面，兩人相見後，真是恍如隔世，悲喜交加。在蘇軾晚年，蘇門四學士中，也唯有秦觀有緣與蘇軾見面。但後來在雷州這段時間的會面，竟是師徒最後的相處，因為沒多久後，秦觀就去世了，這也令蘇軾惆悵不已。

三十一、誰是北宋最佳作詞作曲人？

一般來說，作詞對文人不是難事，但若要製作新曲，恐怕就要被難倒了。本來，詞曲的完成就是分工的，擅於音樂的人作曲，擅於文學的人作詞，只有少數人能兩者兼得，而北宋卻有這麼一個重要的詞人，他既熟悉音律，能自創新調，又能於作詞時開創新的藝術手法。這個人，就是周邦彥。

周邦彥，字美成，本為錢塘人，二十四歲時入汴京做太學生，因寫了〈汴都賦〉，受到宋神宗的賞識。但哲宗繼位後，高太后聽政，重用舊黨人，周邦彥因受波及，離開汴京出任廬州教授。直到哲宗親政，復用新黨，周邦彥才又被召回。徽宗時，則進入大晟府，大晟府是當時掌管樂律的機構，周邦彥在此時開始審定古代樂調，增加較長曲調的創作，或改變樂調，合不同調的曲子為新曲等，在音樂方面頗有貢獻。

合不同調的曲子為新曲，又稱之為「犯調」，例如把三個不同調子組合在一起，稱為「三犯」，像是「三犯渡江雲」；把四個不同調子組合在一起，則稱為「四犯」，例如「玲瓏四犯」，這些都是創自周邦彥。此外，還有合六種曲調的，叫作「六醜」，也是周邦彥所創。相傳李師師曾經將〈六醜〉唱給宋徽宗聽，但徽宗覺得這個名字很奇怪，就傳周邦彥來問，周邦彥說：「這首曲子總共犯了六調，聽起來很美，可是非常難唱，就好像過去高陽氏（顓頊）有六個孩子，才華都很高，但長得不好看，所以叫『六醜』。」可見，像這類犯調的樂曲，是比較長的，而且變化轉折比較多，對於歌者也是一種新挑戰。

周邦彥精心所創的曲調變化既多，那麼作詞呢？他在作詞的時候，擅於鋪陳事情，也會精心安排整首詞的章法結構，而且能夠穿插許多轉折或跳躍；另一方面，他也喜歡使用典故、修辭，在詞的藝術手法上有很大的突破。但是，雖然藝術手法精妙，有許多人卻認為他的詞比較難懂，所以也比較難直接的感動人，像王國維就曾經在《人間詞話》中說：「美成深遠之致不及歐、秦，唯言情體物，窮極工巧，故不失為第一流之作者。但恨創調之才多，創意之才少耳。」意思是說，周邦彥詞的意境，比不上歐陽修和秦觀，但若是就藝術手法而言，他能寫得非常精緻工巧，所以還是能視為第一流的作家。可惜，若以創造新曲調和創造意境這兩種才華相比，周邦彥還是比較擅長創造新曲調的。

但是，回歸詞的本質，它畢竟還是與音樂有很大的關係，像周邦彥這樣精於音律的人，對於詞的格律也很斤斤計較，不可隨便；在此同時，又能使用精妙的藝術手法，去鋪陳、設計詞的章法結構，重視典故、鍛鍊字句，維持著詞的本色，所以，在詞史上地位不凡。像南宋的姜夔、吳文英等人，都受到他很大的影響。

什麼是「自度曲」？

「自度曲」也叫作「自度腔」、「自製曲」，是指從曲到詞，都是由同一位詞人新創的。這個名詞最早出現於《漢書．元帝紀》：「元帝多才藝，善史書，鼓琴瑟，吹洞簫，自度曲，被歌聲。」後來便指自創的樂曲。

在宋代也有許多善於音律的詞人，如柳永、張先、賀鑄、周邦彥、姜夔、吳文英等，他們都會創作自度曲。像周邦彥所自創的新曲調有五十多個，「蘭陵王」便是其中之一。但北宋的詞人，卻不大會在作品前標明「自度曲」，後來會去標明的，是南宋的姜夔，他有名的〈揚州慢〉、〈暗香〉、〈疏影〉、〈杏花天影〉等，都是自創的新曲，也都在題前標明了「自度曲」。

另外，自度曲通常也是先譜了曲調，再填寫歌詞，與一般「倚聲填詞」一樣。但也有例外，如姜夔的自度曲，就是先有詞才作曲，這種作詞方式有個好處，因為是曲調去配合歌詞，歌詞比較不會受到音樂的束縛，且更能將情感發揮出來。不過，通常要音樂素養很高的詞人，才有辦法這樣做，否則，還是無法將曲調與歌詞的搭配做到完美。

三十二、為什麼說周邦彥擅長「時間的魔法」？

當我們要敘述一件事情的時候，往往會採用「順敘」的方式，也就是按照事情發生的先後順序去描述。但是，在文學、電影或是戲劇裡，卻有許多創作人會打破這個規則，他們可能先講現在，再回過頭講過去的事情，或者採用現在↓過去↓現在這種時空互錯的方式。例如電影《鐵達尼號》，就是先從打撈鐵達尼號的「現在」開始，再由女主角回憶過去在鐵達尼號上發生的事情，而中間又偶而回到「現在」交代一些事情。有的敘述方式，還會包含過去、現在、未來等時間點，彷彿帶著讀者或觀眾搭乘時光機，自由穿梭在不同的時間中，也讓敘事方法有了更多的變化。而北宋有位詞人，也善於這種時間跳躍的方式來寫詞，他就是周邦彥。

舉例來說，像周邦彥有一首〈蘭陵王．柳〉：

柳陰直。煙裡絲絲弄碧。隋堤上、曾見幾番，拂水飄綿送行色。登臨望故國。誰識。京華倦客。長亭路，年去歲來，應折柔條過千尺。

閒尋舊蹤跡。又酒趁哀絃，燈照離席。梨花榆火❶催寒食。愁一箭風快，半篙波暖，回頭迢遞便數驛，望人在天北。

悽惻。恨堆積。漸別浦縈回，津堠岑寂。斜陽冉冉春無極。念月榭攜手，露橋聞笛。沉思前事，似夢裡，淚暗滴。

這首詞寫於周邦彥將離開京城時。在離別的情境中，「柳」一直是常出現的角色，因為「柳」諧音「留」，古代送別時，常折柳枝以贈別，表示對對方依依不捨，希望他能留下。此詞共分三片，第一片開頭就以柳點出離別，寫茂密的柳枝如煙如霧，每一絲都碧綠不已。隋煬帝開通運河時，曾在岸旁所種植的柳樹，總是飄揚著，大約已經經歷過許許多多的送別場景了吧！登高望向故鄉，誰能理解我客居京城的厭倦？在路邊供人休息、送別的長亭，那年年送別之人所折下的柳枝，恐怕加起來已有千尺之多。

第二片轉寫離別筵席的情景。閒來時，尋著舊日蹤跡，隨著哀戚的琴絃聲舉起酒杯，明燈照耀著離別的筵席，梨花開了，要取榆火了，寒食節的季節又到來了，時光匆匆。船隻好像與我作對般，乘著風，如箭一般迅疾的離去，水面上看似只有半根的竹篙，攪開了溫暖的水波，回頭一望，瞬間已遠遠地離開了好幾個驛站，送行者站在遙遙的天北邊。

第三片則寫離別的心情。悲傷和離恨在心中堆積，遙想岸上那一頭，應該是人們已漸漸地離開了岸邊，渡口寂靜下來，斜陽緩慢下垂，春色無邊。想起過去曾在月夜的臺榭中，一同攜手，在夜露深重的橋上，聽聞笛聲，沉思著從前的回憶，不禁暗暗滴下淚珠。

由以上內容可以看得出來，時間是一直跳躍的，第一片懷寫以前曾有許多離別不斷在上演，是過去；第二片與第三片的前五句，則寫回現在，自己與對方正離別的場景；第六、七句則寫對過去的追憶，時間是過去，最後三句則又寫回現在，敘述回憶往事時的心情。這樣的手法，是周邦彥詞中一個很大的特色，因為過去的詞人，幾乎都是用順敘法在寫事件，到周邦彥才開始採用錯綜的時間交替法。如果說一首詞就是一個故事，那無疑的，周邦彥說故事的方法，是擅用「剪接」的，由此更能看出，他是多麼精心設計詞的章法結構。

---

❶古時寒食節不能燒火，只能吃冷食，待寒食節過後，重新取火，其中榆樹和柳樹最容易起火，所以經常被使用。後來榆火也延伸出「春景」之意。

北宋「集大成」的詞人是誰？

清朝詞人兼詞學家周濟曾在《宋四家詞選．目錄序論》中說：「清真，集大成者也。」意思是說，周邦彥是北宋詞之集大成者，為什麼呢？因為在他之前，或跟他同一時期，有不少著名的詞人，各有其風格，而周邦彥則能夠兼擅各個詞人的長處，所以才有「集大成」之美譽。

以詞作內容來說，周邦彥走的是詞的傳統之路，以寫情感為主；就敘事手法而言，則是承繼了柳永對於長調的創作，但柳永敘事是平鋪直敘的，周邦彥卻懂得利用時間跳躍等方式，讓敘事具有曲折變化；再就創作手法而言，他也吸收了蘇軾「以詩為詞」的原則，用比較文人的方式去寫詞，進而像賀鑄一樣用典、引用或改造前人的詩句，營造出文雅的風格。此外，像秦觀在描寫男女感情的時候，會融入自己的遭遇、生平，這點也影響了周邦彥，就風格來說，周詞中也頗有秦觀詞中語言雅麗的味道。

不只如此，周邦彥精通音律，而詞一開始就是與音樂密不可分的，所以周邦彥的詞注重格律這點，也等於是堅持詞之本色與傳統。他堅持傳統，又兼取各家所長，有所創新，難怪會被稱為北宋詞之「集大成者」。

三十三、周邦彥的〈少年游〉講的是哪位佳人和君王？

宋徽宗是北宋第八個皇帝，歷史對他的評價，多半都是奢侈糜爛、荒淫無道的。後宮雖有三千佳麗，但他仍經常微服出宮，尋歡作樂。在當時，京中第一的「角妓」（才藝絕佳，地位較高的歌妓）李師師，自然很快地就被徽宗召幸，成為徽宗的新歡。

而周邦彥，是精通音律、集前人之大成的詞人，平時擔任小官。著名的詞人與歌妓，經常是關係密切的，所以他也和李師師相好。據南宋張端義《貴耳集》的記載，有一天，周邦彥正在李師師的家中，突然宋徽宗就來了，周邦彥躲避不及，只好躲到床下去。徽宗跟李師師說：「我帶了一顆江南剛進貢的新橙。」接著，徽宗就在那裡待了一夜，周邦彥也就這樣躲了一夜。早上等徽宗離開後，周邦彥把昨晚這件奇事，寫成了〈少年游〉：

并刀如水，吳鹽勝雪，纖手破新橙。錦幄初溫，獸煙不斷，相對坐調笙。
低聲問向誰行宿，城上已三更。馬滑霜濃，不如休去，直是少人行。

這首詞的意思是說，并州的剪刀像水一樣明亮，吳地的鹽比雪潔白，正好拿來調和橙子的酸味，而她正用纖纖玉手把橙子的皮剝開。棉被才溫過，獸形香爐不斷傳出香味，兩人相對坐著，聽她吹笙。接著，她低聲問，今晚您要在哪兒休息？都已經三更天了，外面地上霜重，馬蹄容易打滑，您就別離開了，外面幾乎沒有行人了。

結果，李師師大約是覺得很有趣吧，就把這首歌拿來唱。徽宗一聽，這不是那晚我們約會的情景嗎？問出是周邦彥所寫以後，徽宗大怒，找來了總是逢迎巴結他的奸臣蔡京，尋了理由，便把周邦彥貶謫出了京城。再過一、兩天，徽宗又去找李師師，卻發現她不在，等她回來後追問行蹤，李師師便說她是去替周邦彥送行。徽宗問道，他可還有再寫新詞？李師師便唱了周邦彥新作的〈蘭陵王〉。結果，徽宗一聽大為欣賞，又把周邦彥召回，讓他擔任大晟府（北宋掌管、整理樂曲的機構）的主管。

這個故事，有人說是後人穿鑿附會，但是仍然流傳甚廣。而《貴耳集》的作者，在這個故事的最後，批評說：皇帝和臣子居然可以同時出現在歌妓家裡，國家的安危可想而知。姑且不論此故事是否為真，這個批評倒還算確實，因為不僅李師師，徽宗還有不少沉溺於聲色的例子，又寵信蔡京、童貫等人，搞得朝政烏煙瘴氣。加上他好大喜功，聽信蔡京、童貫的話，以為能夠聯金滅遼，光復燕雲十六州，但事實證明，這只是加速了國家的滅亡，最後落得被金人俘虜的下場。雖然他不是北宋最後一個皇帝，卻要為北宋滅亡負很大的責任。不過，如果宋徽宗不做皇帝，專心於繪畫和書法的話，應該會變成非常傑出的藝術家。

宋代第一名妓李師師

古代由於歌妓的身分低下，很少會有關於她們的生平紀錄，但像李師師這樣有名的歌妓，還是可以從一些宋人的筆記、小說當中，找出一些相關資料。據說，李師師本來是一名染坊匠人的女兒，姓王，但母親在她很小的時候就去世，父親則在她四歲時，犯了罪，死在獄中。後來她被倡家的李姥收養，走上歌妓這條路。但有趣的是，因為她為人慷慨，頗像個女俠，便和漢代的李廣一樣，有「飛將軍」的稱號，加上才貌雙全，便成了紅極一時的歌妓。

其他關於李師師的傳聞還有很多。例如《宣和遺事》中說到，宋徽宗後來冊封李師師為妃；或說徽宗為了經常見到李師師，偷偷從皇宮中修了一條地道，通往李師師家。而北宋滅亡後，李師師的下落也成謎，有人說她殉國，也有人說她流落民間。至於流落到哪裡，說法也不一，這些傳聞是否為真，目前還是有很多爭議。不過，《宣和遺事》中有一些關於李師師的故事，而後來的《水滸傳》則是以《宣和遺事》為底本創作出來的，所以在《水滸傳》中也有李師師出場。或許，就是因為她曾負盛名，加上《水滸傳》中有她，使她成為了宋代最有名的歌妓。

三十四、我很醜，可是我很深情：才高八斗的賀鑄

由李格弟作詞、趙傳演唱的〈我很醜，可是我很溫柔〉，曾經風靡一時，因為這首歌鼓勵了很多人：長相不好看不代表一切，因為我還是有其他優點的！而若北宋詞人賀鑄地下有知，恐怕也會對這首歌心有戚戚焉吧！

賀鑄也是北宋重要的詞人，相傳他相貌醜陋，但才氣甚高，尤其擅於寫婉約詞，但也有部分詞作能夠顯現出他豪氣的一面。在他的詞中，以〈青玉案〉（凌波不過橫塘路）最具代表性，全詞如下：

凌波不過橫塘路。但目送、芳塵去。錦瑟華年誰與度。月橋花院，瑣窗朱戶。只有春知處。

飛雲冉冉蘅皋暮。彩筆新題斷腸句。若問閒情都幾許。一川煙草，滿城風絮。梅子黃時雨。

這是一首思懷佳人的作品，「凌波」一詞，來自三國曹植〈洛神賦〉❶中的「凌波微步，羅襪生塵」，這裡借來形容一個像洛神般的絕世女子；「橫塘」則是在蘇州，賀

鑄曾經住在那附近。「但目送、芳塵去」是寫目送女子的離開。所以前兩句詞，是寫佳人不來，詞人傷心的目送她飄然而去。在這裡，賀鑄用浪漫的筆調與典故來加以點染，使得平常的意思有了特殊的美感。「錦瑟華年誰與度」則是化用了李商隱的詩〈錦瑟〉：「錦瑟無端五十弦，一弦一柱思華年。」意思是說，這美好的華年，誰能與我共度呢？詞人接著又想像「月橋花院，瑣窗朱戶」，應該是她的居處，可是這居處恐怕「只有春知處」了。

下片的「蘅皋」，是指長滿了香草的水澤，同樣是出自〈洛神賦〉：「爾乃稅駕乎蘅皋。」是說曹植在見到洛神之前，曾歇馬於水澤旁；而南朝時的江淹又有〈休上人怨別〉詩說：「日暮碧雲合，佳人殊未來。」所以「飛雲冉冉蘅皋暮」一句，化用了曹植與江淹的作品，意思仍是寫那位佳人杳無蹤跡，而詞人苦苦等待。「彩筆新題斷腸句」，繼續使用江淹的典故：江淹年輕時，非常有文才，但老年後，卻寫不出好作品了，相傳在他晚年時，有一天，夢見東晉的郭璞，他也是極有名的文學家，郭璞說他有枝五色彩筆放在江淹那裡很多年了，現在要來討回，江淹果然在身上發現了一枝彩

---

❶「洛神」相傳是伏羲氏的女兒，因為溺死於洛水中，成為洛水之神。曹植〈洛神賦〉序中提到，黃初三年，他到京師朝見魏文帝曹丕，回程經過洛水，聽聞傳說後，便模仿宋玉〈神女賦〉寫下此賦，想像出自己在洛水邊與洛神相戀的故事。

筆，就還給了郭璞，但夢醒後，就發現自己「江郎才盡」，再無寫作靈感。賀鑄借用「彩筆」的典故，說自己寫下了思念佳人的詞句。「若問閒情都幾許。一川煙草，滿城風絮。梅子黃時雨。」則是這首詞中最出色的地方，意思是說，自己的愁苦，就像整條河川旁遍地的煙草、滿城飄飛的柳絮、黃梅時節的雨一樣，非常之多。

李後主曾寫「問君能有幾多愁，恰似一江春水向東流」，形容自己的愁如流水般無窮無盡；賀鑄在這首詞的最後，也是一樣的手法，但轉而寫愁的「多」，用以比喻的對象也變成了三個，且非常貼切，受到許多人的讚賞，賀鑄也因此得到了「賀梅子」的雅號。此詞情深感人，也讓人感受到他陽剛性格下細膩柔婉的情感。相傳賀鑄會寫下這首詞，是因為他曾在橫塘路上遇到一個讓他驚為天人的女子；甚至為了能再度見到她，還在那附近建了一間屋子。但這傳說沒有什麼根據，只能增添一些讀者對於此詞的浪漫想像而已。

「鬼頭」是哪位詞人的綽號？

賀鑄，字方回，號慶湖遺老。根據《宋史．文苑傳》的記載，他的外表是「面鐵色，眉目聳拔」，意思是說，賀鑄的臉色是青黑色的，眉毛生得高聳直豎；再者，他的頭髮很稀少，挽成髮髻時，只有小小一個，他的朋友郭祥，就笑他髮髻太小又沒鬍髭，真不愧是「賀梅子」（梅子諧音「沒髭」，又可以兼形容髮髻很小），所以他的面貌是不好看的。不過大概是「眉目高聳」的關係，所以看起來有股英氣，賀鑄也說自己是「虎頭相」。因為以上的原因，所以他還有「賀虎頭」、「賀鬼頭」等綽號。

賀鑄長得雖不好看，但天資聰穎，家世不低，是宋太祖孝惠皇后的族孫，家中世代都是做武官的。或許是這個原因，使得他的性格也耿直有俠氣，對於不喜歡的達官貴人，便不假辭色，還會批評謾罵。他一直沒有參加科舉，也不是很想擔任武官。基於以上這些原因，他在仕途上不是很得意，生活也曾過得不是很好，可是他的詞作在當時卻頗有知名度，〈青玉案〉這首詞一出，還曾引起一陣唱和之風。他作詞也擅用典故或化用前人的句子，並喜歡在作詞之後，根據詞中內容或句子，把詞調的名稱改掉，如〈青玉案〉，賀鑄就再取個別名為〈橫塘路〉。同時他也通曉音律，能作自度曲，所以他也是詞曲兼長的詞人。

三十五、堪稱「詞中之后」的人是誰？

詞帝或許可以有不同的人選，但詞后，就絕對只有李清照一人。

李清照，北宋神宗元豐四年生，齊州歷下人，自號易安居士。她出身書香世家，十八歲時，嫁給二十一歲的太學生趙明誠，婚後兩人十分恩愛。更難得的是，他們有著共同的興趣，例如都很喜歡看書、藏書，也很喜歡畫，因此雖然經濟不是很富裕，但只要有一點閒錢，就會用來收藏書、畫等文物。趙明誠是金石學家，喜歡研究古代鐘鼎器物上的銘刻、碑文墓誌之類的石刻等，兩人還曾合力完成《金石錄》，是研究金石學的重要資料。

他們的興趣相投，自然就有不少夫妻間的生活情趣。例如，李清照是個記憶力很好的人，每次吃完飯，他們都會泡茶來喝，但喝茶以前，一定要先互相考考對方，某個典故是出自哪一本書？第幾行第幾頁？贏了才可以先喝茶。但因為贏的人最後都會很開心，大笑到把茶都潑到身上，反而不能喝了，可是他們還是對這種「賭書潑茶」的風雅情趣，感到樂此不疲。還有，據說有次李清照寫了一首〈醉花陰〉，裡面有千古名句：「莫道不銷魂，簾捲西風，人比黃花瘦。」寫因相思而憔悴消瘦，表現出趙明誠不在身邊時的想念之情，並把此詞寄給趙明誠。趙明誠自嘆不如，就閉門謝客，廢寢忘食了三天，寫了五十首詞，再把李清照的〈醉花陰〉也混在裡面，請朋友陸德夫觀看，結果陸德夫讚不絕口的，還是李清照那三句詞。

但，好景不常。靖康之難發生後，他們當時所住的青州又發生兵變，兩人往南遷移，到了江寧，生活也陷入困難。沒多久後，趙明誠在建康病逝，而以往所鍾愛的珍藏，又在搬家、戰亂、劫掠等情況下，幾乎遺失。約三年後，她再嫁張汝舟，這在宋朝是常見之事，但婚後她發現被欺騙，便在結婚三個月後，對丈夫提出訴訟。但按照宋代法律，妻子對丈夫提告，就算成功，妻子也要受罰。幸好有朝中親戚相救，她告贏後只坐了九天的牢。但在歷經這麼多變故後，又失去寄託慰藉的方式，使得李清照痛苦不堪，她的詞作因而有了很大的改變。以往她的生活幸福美滿，只是有時會與趙明誠分隔兩地，因此她的詞作過去多以愛情、相思為主，雖有愁緒，但不及南渡、喪夫以後，詞作多為悼亡傷痛、孤苦無依之感的抒發，情感也就更沉痛深刻了。

除了寫詞，李清照也用心於詞的創作理論。她寫了一篇〈詞論〉，認為詞必須合於音律，詞語的運用不可過於粗俗等。所以她批評蘇軾的詞只是「句讀不葺之詩，又往往不協音律」；又批評柳永「詞語塵下」，然後強調詞不可失了它本身的傳統，也不可與詩混為一談，因為詞「別是一家」。但因為〈詞論〉中批評了不少詞人，所以後來有些人不能認同李清照。可是重視詞的本色這一點，對後來詞的發展影響很大，且女性寫文章闡述創作理論的，她大概是第一人。加上她的詞作中，有不少經典之句，如

〈一翦梅〉：「此情無計可消除，才下眉頭，卻上心頭」、〈聲聲慢〉：「尋尋覓覓，冷冷清清，悽悽慘慘戚戚」等，所以也有人說她「詞超絕古今」，一點都不輸男性詞人。她在詞的創作與發展上，都有很重要的地位。

延伸知識

「詞中之后」的另一個真面目是？

李清照曾經在《打馬圖經．序》中說：「予性喜博，凡所謂博者皆耽之，晝夜每忘寢食。且平生多寡未嘗不進者何？精而已。」這段話的意思，是說她生性喜歡賭博，為了賭博，可以不吃不睡，而且很少會輸，因為她很精通此道。所以，「詞中之后」的另一個真面目，其實是「賭后」。

賭博有很多方式，有像擲骰子這樣簡單、只看運氣的，也有像大老二、麻將這樣講究技術的。歷史上也有不少知名女性喜愛賭博，例如楊貴妃喜歡擲骰子、慈禧太后喜歡麻將等，而李清照最愛的賭博是一種叫「打馬」的遊戲，據說，麻將就是從它發展而來的。打馬的進行方式與賞罰規則都頗為複雜，所以技術和反應都非常重要。

當然，以李清照的情況來說，她絕對不是會為了賭博而傾家蕩產的人，而是把賭博當作「閨房雅戲」。而且她還把打馬做了些改良，記錄於《打馬圖經》一書，並說自己很少輸，因此說她是賭后也不為過。她的好賭有兩個特色，一是傾向於文人間那種較為風雅的方式，像她改良過的打馬，就有這樣的特點，此外，我們從她與趙明誠的「賭書潑茶」也可看得出來。二者，李清照是用一種鑽研學問的態度來研究賭博，所以，她在《打馬圖經．序》的開頭也提到，賭技要強，其實就是要專心一志，能專精，那麼即使是小道，也能到達很高的境界了。

從「詞后」到「賭后」，我們可以發現，李清照不僅聰明，對於她喜愛的事情，也能夠認真鑽研其中，不管是常被視為小道的詞還是賭博，她都能變出許多道理來。

三十六、用了許多俗字的〈聲聲慢〉，為何成為李清照的千古名作？

詞源於市井文化、歌筵酒席之中，後來被文人接手，逐漸發展成較高雅的文學。而文人寫詞，多半也會比較注重藝術手法，一首詞如果太過俚俗，就常為人所詬病。可是這也不代表用了許多俗字的詞作，就一定不好，至少，著名女詞人李清照所寫的〈聲聲慢〉，就使用了許多俗字，卻一直被視為上上之作。〈聲聲慢〉全詞如下：

> 尋尋覓覓，冷冷清清，悽悽慘慘戚戚。乍暖還寒時候，最難將息。三杯兩盞淡酒，怎敵他、晚來風急。雁過也，正傷心，卻是舊時相識。
>
> 滿地黃花堆積，憔悴損，如今有誰堪摘。守著窗兒，獨自怎生得黑。梧桐更兼細雨，到黃昏、點點滴滴。這次第，怎一箇愁字了得。

這首詞約寫於李清照南渡、喪夫以後，開頭的「尋尋覓覓」就點出孤苦無依，想把舊日美好時光找回的感受，但過往已不再，只空留冷清、悽慘、愁苦之情。接著又說，在還有些溫暖卻又有幾分涼意的秋天，是最難休養身體的，只兩、三杯薄酒，怎能抵擋夜晚猶寒的風呢？而大雁常被古人視作故鄉的象徵，看見大雁飛過，就勾起了作者的思鄉之情。接著，作者又描寫菊花瓣散落滿地，花朵憔悴不堪摘折的情景，而獨自一人守在窗邊，該怎麼熬到天黑？細雨打在梧桐葉上，在黃昏中發出滴滴點點的聲音，這情形，怎能用一個愁字說得完？

此詞中，可看見許多在當時很白話、常見的用字，例如尋覓、冷清、將息❶、傷心、黑、怎、愁、了得❷等。照理說，頻繁使用淺白俗字的作品，較難有高雅、情意深長的境界，且詞人作詞時，也會盡量不要讓詞語太過重複。可是這首〈聲聲慢〉卻把這些該避諱的寫法都用上了，還能成為佳作。主要是因為開頭的十四個疊字，用得很有技巧，既能夠有聲調的抑揚頓挫，還兼有雙聲與疊韻。下片「點點滴滴」也是，不只和開頭的十四個疊字有所呼應，又能直接呈現出冷清悽慘的情景，使讀者很容易就進入作者要表達的情緒，再進而感受到更深一層的悲苦。所以，這些字雖然又俗又重複，但卻能巧妙呈現出音律之美，兼具看似直接，卻又深長的情意。

而像傷心、黑、愁等字，雖然沒有重複，但也是毫無新意的字眼；將息、了得

---

❶唐宋時的俗語，為休養、保重身體之意。

❷濟南章丘地區的方言，為了結、完結之意。

等，也是俗語或方言，都不是很雅的字詞；「怎」這個字，更是口語，還前後用了三次。但是它們都被運用得很巧妙，能夠自然地融入詞的意境之中，看不出作家故意鍛鍊、計較用字的痕跡，反而讀起來順暢自然、不做作。也因為多用俗字，作品內容很好理解，便更有親切感，所以被評論為「以俗為雅」、「以故為新」，看似平淡簡單，卻又能深刻表現出作者那歷經生離死別、國破家亡的淒苦。

要做出手續繁複、色香味俱全的功夫菜自然是難，可要把一盤平淡的蛋炒飯，炒得非常好吃，恐怕更難。作詞也一樣，透過修辭、用典等藝術手法把詞寫好很不簡單，但不經雕飾的使用俗字，卻能寫好詞，更是不簡單。所以，用了許多俗字的詞，只要能經過作者的巧思，還是能成為千古絕唱的。

延伸知識

哪些詞人也會用俗字作詞？

以常見的俗字，或者非常口語化的方式作詞，在宋代不算少見，像柳永就常會在詞中使用我、你、伊等字，例如〈傾杯樂〉：「向道我別來，為伊牽繫……問甚時與你，深憐痛惜還依舊」；〈惜春郎〉：「敢共我勍敵❸。恨少年、枉費疏狂，不早與伊相識」等。此外，像「了」、「怎」字等也不少見。這類詞是寫給歌妓唱的，很大眾化、通俗的詞，所以常被批評。但另一方面，用這種比較通俗口語的字詞作詞，其實就像詞裡面多了點小說的對白，會比較生動活潑些，也能增加語彙的使用。所以俗字作詞，後來也影響了一些詞人。

之後的黃庭堅，也多少受到影響，喜歡用這種方式作詞，詞中除了我、你、伊之外，也有冤家、咱、怎、麼、嘛、了等，甚至用方言入詞。清代有名的文學批評家劉熙載，曾寫過一本《藝概》，裡面提到黃庭堅詞的時候，就說：「惟故以生字俚語侮弄世俗，若為金元曲家濫觴。」意思就是說，黃庭堅喜歡用少見的字和俚俗的語言寫詞，為後來金、元人寫曲的開端。因為曲的語言確實比詞又更通俗、口語化，所以劉熙載才會這樣說。

用俗字作詞，我們可以看到像李清照這樣成功的例子；而柳永、黃庭堅等人，則有時候用得太過，導致詞沒有餘味和美感。所以，若要以俗字作詞，恐怕得要斟酌使用的頻率及方式，才能作得恰到好處。

❸指實力很好的敵人，或實力相當的對手。

三十七、最智勇雙全的詞人是誰？

詞，本來就是文人才會去創作的，我們很難想像會有武將也是個詞人，連到過邊塞主持對抗西夏事業的范仲淹，也是文人，不是武將。但是，就是有一個智勇雙全的詞人，他能寫出動人的詞篇，也能上戰場英勇殺敵，這個人，就是鼎鼎大名的辛棄疾。

辛棄疾在南宋紹興十五年（金天眷三年），出生於山東濟南府歷城縣，當時已是靖康之難過後，宋的政權遷移到南方，山東則是由金所統治，漢人的日子很不好過。而辛棄疾的祖父辛贊，雖然在金朝任官，卻常常帶著年幼的辛棄疾登高遊覽，指著遠方的故土山河，告訴他，莫忘這個國仇大恨。在耳濡目染之下，辛棄疾便立志走向抗金之路。

紹興三十一年，金朝君主完顏亮起兵侵宋。這時有許多不堪被金人統治的漢人，決心起義反抗。其中由一位農民耿京所帶領的義軍，很有實力，辛棄疾也號召人馬加入，想要在山東起事。他並親自南下，上表給宋高宗，希望能聯手抗金。誰知，耿京有個部下叫張安國，背叛他們，投靠於金，還殺害了耿京。辛棄疾聽到這個消息後，立刻領兵五十騎，殺入金營。當時金營中，差不多有五萬大軍，而張安國正在裡面與金人喝酒慶功，辛棄疾竟能以寡擊眾，生擒張安國，再把他押回南宋處決。此一壯舉立刻轟動了南宋上下，辛棄疾也從此打響了他的名號。

後來，辛棄疾於南宋任官，且仍積極主張北伐。可是，自從宋朝重文輕武、常吃敗仗以來，朝廷上下都瀰漫著一種得過且過、偷安一時的風氣，遇到戰爭失敗，就一味求和了事，所以，他的理想很不好實現。有一年，他任湖南安撫使，在那裡籌備組織「湖南飛虎軍」，招兵買馬、建造軍營。由於這些需要很多經費，引起朝野議論，說他用錢過度，宋孝宗知道後，就下了金牌命他停止。但辛棄疾收到金牌後，竟藏了起來，加緊趕工建造軍營。中間遇到瓦片不夠的問題，辛棄疾還下令，要民眾將自家、水溝的瓦捐兩片出來。等飛虎營完成了，他再對孝宗報告：雖然金牌收到了，但飛虎營也建好了。而且，飛虎營往後還成為了軍事重地，再次證明他非常有勇有謀。可惜，他的理念一直與主和派不同，加上他是從北方過來的，南宋有許多朝臣，一直對這樣的人有偏見，導致他仕途不順，常遭排擠中傷，最後甚至還被罷官。賦閒的時間，前後加起來大約有二十年。

因此，他經常在詞作中，抒發壯志難酬的感慨，和對國事的熱切關懷。在作品數量上，現存約有六百二十六首，是目前所知作品最多的詞人，可見他有多專注於寫詞。同時，他也和蘇軾並稱「蘇辛」，因為他們都經常將自己的抱負、心志寫於詞中，被歸類為「豪放派」詞；且在辛詞中，尤其可見他關心國家、積極欲有所作為的理想。此外，辛棄疾還擅用典故，所以讀他的詞，初看會比較困難，因為要把他用的典故都弄懂了，才能了解詞意。他還擅於把文章中的句法、對話、議論、直描等方式融入詞中，創造出「以文為詞」的特色。這些寫作手法，也開創出一個更新的作詞方向。

延伸知識

英雄心目中的英雄又是誰？

辛棄疾曾在他的幾首詞作中，提到漢代的李廣，以及三國的孫權，認為這兩人都是英雄。

李廣是西漢著名的武將，曾數次與匈奴交戰。他善於射箭，有一次出去狩獵，把草叢中的石頭誤認成老虎，一箭射出，箭竟然沒入石頭之中。匈奴多畏懼他，稱他為「飛將軍」。辛棄疾在〈卜算子．千古李將軍〉中，讚揚了李廣的神武，並自比為李廣，說明他和李廣一樣，一直等待機會被重用；而〈八聲甘州．夜讀李廣傳，不能寐。因念晁楚老、楊民瞻約同居山間，戲用李廣事賦以寄之〉中，則用了許多關於李廣的典故，然後感嘆李廣晚年不得志的命運。由於辛棄疾也是不得志的，大概是如此，才會對遭遇相似的李廣「心有戚戚焉」吧！

而提到孫權的詞，則有〈永遇樂．京口北固亭懷古〉及〈南鄉子．登京口北固亭有懷〉。辛棄疾認為，孫權能率領東吳與北方的曹操抗衡，這點令人佩服；同時，這段歷史也和南宋與金的南北對抗有相似之處，所以辛棄疾一方面在這兩首詞中稱讚孫權，一方面也是希望朝廷能具有像孫權一樣的雄心，不要只是苟安一方。

我們常說「英雄所見略同」，辛棄疾與李廣、孫權雖不是同一時代的人，但可能因為背景、遭遇相似，所以讓辛棄疾對他們產生了共鳴。如果李廣、孫權地下有知，在過了一千年後，居然還有這樣一位雄才大略的「粉絲」，應該也會感到十分欣慰吧！

三十八、辛棄疾「眾裡尋他千百度」的「他」是指誰？

辛棄疾有一首〈青玉案．元夕〉，裡面那三句：「眾裡尋他千百度。驀然回首，那人卻在燈火闌珊處。」非常有名，但是，這裡面的「他」到底指的是誰？則一直有不同的說法。

先來看整首詞的意思，全詞如下：

東風夜放花千樹。更吹落、星如雨。寶馬雕車香滿路。鳳簫聲動，玉壺光轉，一夜魚龍舞。

蛾兒雪柳黃金縷。笑語盈盈暗香去。眾裡尋他千百度。驀然回首，那人卻在，燈火闌珊處。

此詞描寫的是元宵節的情景。上片寫元宵燈會的繁華之景，那燈火燦爛絢麗，如同被東風吹得盛開在千萬棵樹上的花朵，又閃爍得好像流星雨一般。遊人眾多，雕飾華麗的馬車絡繹不絕，香囊脂粉的氣味飄滿了街道。樂聲迴響，而如玉壺般耀潔的燈，轉動著光芒，各式的龍燈、魚燈，舞動了一整夜。詞人兼寫了視覺、嗅覺、聽覺的感受，以及人們整夜不寐，盡興遊賞的盛況，令人神往。

下片則寫賞燈的女子，她們盛裝打扮，頭上戴著蛾型、金線製的柳絲狀髮飾，充滿著笑語、散發幽微暗香的走過。但在熱鬧的眾人之中，我尋了千百回，卻一直找不著那個人，正感失望之際，卻在忽然的一個回頭，看到了那人，正獨自站在燈火稀疏寥落的地方。

這首詞表面的意思，像是詞人與一個女子幽會於元宵節，一時間找不到人，卻在燈火闌珊處，乍驚乍喜的發現原來女子就在那裡。不過，中國的詩詞可以聯想的地方很多，尤其是這類描寫愛情，卻又不直接寫明具體事件的詩詞；加上辛棄疾是一個全心全意關心國家的人，就難免讓人覺得，這首詞不只有表面上的意義，而是另有深意。

所以，歷來對於這首詞，以及「眾裡尋他千百度。那人卻在，燈火闌珊處」的解讀，就有兩種看法。一是認為詞本來就是寫豔情的，所以，辛棄疾有時以詞來寫感情，也很正常。此詞只是它表面所呈現出來的意思，那個「他」也就是一名女子。

另一種說法，則認為這首詞寄託了辛棄疾的懷才不遇，因為他在南宋並未受到重用。像梁啟超就說這首詞是「自憐幽獨，傷心人別有懷抱」，夏承燾則更進一步認為，這首詞中的「他」，表面是寫「一個孤高、淡泊、自甘寂寞的女子」，所以才會獨自站在燈火闌珊處，而不與世俗同樂，因此，這首詞中的「他」，有作者自己人格的寫照，表現出自己孤高的人格，而上片熱鬧的情景，則是用以把這點更加襯托出來。

認真說起來，兩種解讀都沒有絕對的對與錯。這也正是中國詩詞有趣的地方，可以有很多想像空間，所以讀者也可以用自己喜歡的方式去解讀。雖然辛棄疾一直被認為是豪放派的詞人代表，但是從這首詞來看，我們可以發現，其實他寫婉約的詞，也能夠寫得很好，否則，這三句詞不會一直都這麼出名。甚至，網路上的中文搜尋引擎「百度」，其名字就是取自「眾裡尋他千百度」；據說該公司的會議室，也叫作「青玉案」。

延伸知識

宋詞裡的「人生三境界」

王國維，字靜安，是近代國學大師，他的著作《人間詞話》，是一本影響深遠的詞學批評之書。他曾在書中說：

古今之成大事業、大學問者，必經過三種之境界：「昨夜西風凋碧樹。獨上高樓，望盡天涯路。」此第一境也。「衣帶漸寬終不悔，為伊消得人憔悴。」此第二境也。「眾裡尋他千百度，驀然回首，那人卻在，燈火闌珊處。」此第三境也。此等語皆非大詞人不能道。

這段話主要是說明，人要成就大事業或大學問，必得有一番努力的過程，這過程又可分為三個階段的境界。第一個境界，是引用晏殊〈蝶戀花〉的句子：「昨夜西風凋碧樹。獨上高樓，望盡天涯路。」這本來是寫秋日登高，看到草木凋零，而感到惆悵。但王國維借來說明，人生若要有所成就，就得明白在成長過程中，總是會有美好事物不斷逝去，也會因而感到孤獨，可是我們仍要「上高樓，望盡天涯路」，也就是不斷追求崇高的理想，並排除困惑。

第二個境界，則是引用柳永的〈鳳棲梧〉：「衣帶漸寬終不悔，為伊消得人憔悴。」這兩句本是寫因相思而憔悴消瘦，但王國維借來比喻對於理想要執著、努力且不悔。

第三個境界，是引用辛棄疾的〈青玉案〉，用以比喻經過長久努力之後，終會得到成功的驚喜，因為崇高的理想，往往都在難以追尋到的地方，而且，也不是我們能完全預料到的。但是，只要努力，必然還是會獲得那份成果。

這樣的三境界，雖然是「斷章取義」的「移花接木」，有些違背了這些詞的原意，卻也是貼切的比喻。更能讓讀者體會到，中國詩詞得以引發的聯想，實在是無限的。

三十九、上演宋代版〈孔雀東南飛〉的是哪位詞人？

〈孔雀東南飛〉是東漢末年一首長篇鉅製的樂府詩，敘述了一個淒美的愛情故事。這首詩的序說：「漢末建安中，廬江府小吏焦仲卿妻劉氏，為仲卿母所遣，自誓不嫁。其家逼之，乃投水而死。仲卿聞之，亦自縊於庭樹。時人傷之，為詩云爾。」意指廬江府有個小官吏，名為焦仲卿，他有個老婆名為劉蘭芝，一直盡心學習家務，但仍不得焦母喜歡。焦仲卿有心居中調節，焦母卻勃然大怒，逼焦仲卿把劉蘭芝休了。礙於母命難違，焦仲卿只好與劉蘭芝商量，讓她先回娘家，等過一陣子，再找機會把她接回。但劉蘭芝回家之後，卻被自己的哥哥逼迫改嫁，於是改嫁當晚，劉蘭芝投水自盡；而焦仲卿知道這件事情之後，也在一棵樹下上吊自殺了。有人聽了這個故事，覺得很哀傷，便作了這首詩，提醒後人不要再犯同樣的錯誤。

不過，悲劇往往會一再重演，在南宋時，也出現了類似的故事，這次的主角是南宋文豪陸游與其妻唐琬。陸游在二十歲時，與唐琬成親，婚後兩人一直恩愛，但第二年陸游母親就逼陸游休了唐琬，休妻的原因大致有以下兩種說法：一、唐琬不孕；二、陸游與唐琬過於恩愛，陸母怕耽誤了陸游前途。於是陸游與唐琬被迫分開，而後兩人又各自嫁娶。幾年後，某天陸游到沈園（在今紹興市越城區春波弄，宋代時是有名的園林）遊覽，恰好遇到唐琬和她的丈夫，陸游便有感而發，寫下了一首〈釵頭鳳〉：

紅酥手。黃縢酒。滿城春色宮牆柳。東風惡。歡情薄。一懷愁緒，幾年離索。錯錯錯。

春如舊。人空瘦。淚痕紅浥鮫綃透。桃花落。閒池閣。山盟雖在，錦書難託。莫莫莫。

這首詞後來被唐琬看到，也和了一首〈釵頭鳳〉：

世情薄。人情惡。雨送黃昏花易落。曉風乾。淚痕殘。欲箋心事，獨語斜闌。難難難。

人成各。今非昨。病魂嘗似秋千索。角聲寒。夜闌珊。怕人尋問，咽淚裝歡。瞞瞞瞞。

或許是這次重逢所帶來的刺激，不久後唐琬便去世了。而陸游雖一直活到八十五歲，但這當中，仍經常作詩懷念唐琬。例如，提名為〈沈園〉的兩首絕句：「城上斜陽畫角哀，沈園非復舊池臺。傷心橋下春波綠，曾是驚鴻照影來。」、「夢斷香消四十年，沈園柳老不吹綿。此身行作稽山土，猶吊遺蹤一泫然。」由詩文看來，這兩首是作於唐琬過世約四十年後；另有一首〈春游〉：「沈家園裡花如錦，半是當年識放翁。也信美人終作土，不堪幽夢太匆匆。」是陸游約八十四歲那年重遊沈園時所作，可見陸游到老了依舊懷念著唐琬。

和〈孔雀東南飛〉一樣，相愛的愛侶被拆散後，遺留在他們心中的是無盡的痛苦。不過唐琬早死，陸游到老都還懷有遺憾，結局雖不如〈孔雀東南飛〉一般轟轟烈烈，卻也令人唏噓。而前面我們曾介紹過，這兩首〈釵頭鳳〉在宋詞中，是相當有名的和詞，或許正是因為背後有這段故事吧！

延伸知識

執著的陸游

陸游，字務觀，號放翁，南宋人，祖籍越州山陰（今浙江省紹興市）。他生於宋徽宗宣和七年，有八十五歲的高壽，大約是歷史上活得最久的詩人。他非常擅於寫詩，一生大約創作了一萬首以上的作品，由於作品中經常強烈的對國家、時局表示關心，所以一直被定位成「愛國詩人」。他有一首〈示兒〉詩，最為膾炙人口：「死去原知萬事空，但悲不見九州同。王師北定中原日，家祭毋忘告乃翁。」陸游主張南宋北伐，從金朝手中收復中原，本身也投身過軍旅生活，但由於當時朝中有一派是主張與金朝和平相處的，他們經常阻撓像陸游這樣的人，使得他有志不得伸展，因此他只能將悲憤的心情化為詩篇。這首〈示兒〉，作於他死前，表示出未能在生前見中原收復的遺憾，但仍叮囑孩子：若有一天北伐成功了，千萬不要忘記在祭拜時告訴我。關懷國家之情表露無遺。

至於陸游的詞，跟他的詩比起來，比較不知名，也較少寫愛國一類的題材，但仍有佳作，例如這首〈訴衷情〉：

當年萬里覓封侯，匹馬戍梁州。關河夢斷何處，塵暗舊貂裘。
胡未滅，鬢先秋。淚空流。此生誰料，心在天山，身老滄洲。

呈現出他壯志難酬的感慨。其實，我們若從以上所列舉的幾篇作品和他的故事來看，可以看出陸游在感情上是非常執著的，無論是對愛情還是國家，他都在死前仍然牽掛著無法放下，是真正的至死不渝。也或許正因這股執著，才能讓他留下這些千古名作，到今天仍能令人感動。

四十、南宋最佳作詞作曲人是誰？

在北宋，詞曲兼擅的第一把交椅是周邦彥，而南宋，就非姜夔莫屬了。

姜夔，字堯章，號白石道人，饒州鄱陽人（今江西波陽）。他的一生都不是很得志，早年生活環境不大好，父親曾任湖北漢陽知縣，姜夔自幼就隨父親到任，離開家鄉，但父親早逝，後來他又寄居在已出嫁的姊姊家中。他參加過好幾次科舉，但都榜上無名，為了生計，他在揚州、合肥一帶遊歷。當時，常有一些文人，因為比較落魄或不得志，就會盡量藉著詩文等作品，展現才華，以期獲得位高權重者的賞識，姜夔也是其中之一。後來，姜夔三十二歲時，認識了當時的著名詩人蕭德藻。蕭德藻很欣賞他，不僅將自己的姪女嫁給姜夔，帶他居住在湖州，還把姜夔介紹給楊萬里、范成大等當時的大詩人，也受到了賞識。

後來，蕭德藻離開湖州，姜夔搬到杭州居住，由張鑒、張鎡資助生活，就這樣過了很長一段時間，直到張鑒過世。失去了援助後，姜夔的生活每況愈下，還遇到杭州發生大火災，房屋、家產盡失，更加困頓。加上他先前屢次考不上科舉，又不願意巴結奉承的攀關係，所以生活一直好不起來，只能在金陵、揚州等地奔波討生活。晚年病逝於杭州臨安，身後事還是靠好友資助才辦好的。

但，姜夔很有才華，據說相貌、氣質也很好，這樣的詞人，自然會有愛情故事。例如他曾到合肥，認識了一對在當歌妓的姊妹，對她們產生了愛戀；也有一說，是姜夔只愛戀這對姊妹的其中一人，只是三人交往甚密。所以，姜夔經常在詞中提到她們兩位，只不過，姜夔這段戀情終究沒有結果，只能藉由詞來抒發其相思之情，我們也可從這些詞中，看出他對合肥戀人的一往情深。這和以往的詞人寫歌妓時有很大的不同，以前的詞人寫到歌妓，對象可能很多個，也多有逢場作戲的意味在裡面，但姜夔對這戀人卻是一再想念，難以忘懷。據說，范成大曾贈與姜夔一名家妓小紅，可能就是為了安慰姜夔與合肥姊妹分開的傷痛。而姜夔的一些詞中，雖然也有小紅的身影，但論用情最深的，還是合肥的戀人。

姜夔詞的特色，以張炎的評論最有名。他在《詞源》裡說：「詞要清空，不要質實，清空則古雅峭拔，質實則凝澀晦昧。姜白石詞如野雲孤飛，去留無跡。」認為姜夔的詞是「清空」的，好像孤飛在天空中的野雲，來去無痕跡。更具體一點說，就是寫事物時，不著重在其外貌，而著重在其神韻與內在，寫得要雅，不可俗氣。以題材來說，則寫戀情、詠物、憂國、羈旅等為多，也都各有特色和價值。

至於創調方面，犯調、截取大曲子中的一部分成新曲調、改變舊有詞牌的聲韻等，都是他創作的方式。另外，他也會先作歌詞後，再根據歌詞譜曲。例如他在〈長亭怨慢〉的序中所說：「予頗喜自製曲，初率意為長短句，然後協以律，故前後闋多不同。」這就是先有詞再有曲的創作方法，所以詞中的情感和譜上的曲調可以更緊密結合，而不致使歌詞必須一直遷就音樂，受到音樂的束縛，但這必須是熟悉音律，能創作曲調的人才能如此。在他的詞作中，還有十七首作品，注有工尺譜（古代一種記譜的方式，亦即一種樂譜），對於宋代音樂已亡失的今天，是重要的宋代音樂資料。

延伸知識

最會寫詞序的人是誰？

詞在一開始時，只有詞牌名，但後來逐漸有人想要記錄作詞的背景、動機，或記錄與此詞相關的事情，就出現了詞序，通常是一句或幾句話，置於詞作之前。先開始用詞序的，是張先，而後蘇軾、黃庭堅等人也開始效仿。到了南宋，愈來愈多人用詞序，像辛棄疾、姜夔等人，一般的詞序都不會寫得太長，也只當作一種紀錄，但姜夔卻是較為用心的在寫序。

在姜夔的詞序中，不僅會載明作詞的時、地、動機，有時也會論及音律的問題，所以讓後人對於他的生平、行蹤等能更加了解，也有助於理解宋代的音樂。除此之外，他還有部分的詞序篇幅較長，且注重修辭、詞語優美，像一篇短文一樣，如〈一萼紅〉之序：

丙午人日，余客長沙別駕之觀政堂。堂下曲沼，沼西負古垣，有盧橘幽篁，一徑深曲。穿徑而南，官梅數十株，如椒如菽，或紅破白露，枝影扶疏。著屐蒼苔細石間，野興橫生。亟命駕登定王臺，亂湘流入麓山，湘雲低昂，湘波容與，興盡悲來，醉吟成調。

這段詞序就像一篇雋雅的散文，能進一步引發詞作內容的情感，讓讀者閱讀時，感受更深刻且豐富。

四十一、宋詞中的哪位詞人，堪比唐詩中的李商隱？

《四庫全書總目提要》曾提到：「詞家之有文英，如詩家之有李商隱。」這是把唐代詩人李商隱與宋代詞人吳文英做了比擬。

如果曾參加或觀看過歌唱比賽的話，就會知道，當前面的參賽者唱得特別好時，後面的人就會更加緊張，深怕自己的表現被比下去，這時若想拿到好名次，自然就要想辦法超越前面的參賽者。同樣的道理，詩發展到晚唐，出過這麼多成就很高的詩人，好的句子及創作手法，都被前面的人寫盡了，這時候，想要有好的表現，就得再有所創新或突破才行。而李商隱做到了，發展出他個人獨特的詩風。同樣的道理，詞發展到南宋也已經到達了一個瓶頸，這時，也是吳文英能再有所突破。

吳文英，字君特，號夢窗，他一生都沒做過官，但平常多和一些達官貴人有交往，例如吳潛、賈似道、史宅之等等。他常在蘇州、杭州一帶活動，也寫下不少懷念戀人的詞，研究吳文英有成的近代詞學家如楊鐵夫、夏承燾等人，便對他的生平與詞作進行考證。雖然說法不盡相同，但目前較為公認的說法，大抵是吳文英曾有兩段刻骨銘心的戀情，一是在蘇州所納的妾，但這個愛妾後來離開了他；另一個則是杭州的戀人（或說妾），但是這個戀人後來過世了。這兩段感情都令他很傷心，所以也常在詞作中抒發懷念、悼念之情，而留下非常感人的作品。此外，因為他身處南宋末年，在國勢衰微的狀況下，也有些詞作是對於國家社會的感慨和關心。

吳文英的詞很特殊，也不好讀懂，主要在於他所使用的文字與用典都比較艱深。而且，他也像周邦彥一樣，善於使用時間的跳躍，甚至有過之而無不及。可是另外一方面，若讀懂他的詞，就會發現其中充滿感動人心的力量，可以說他是同時潛心於詞的藝術手法，又能兼顧真實情感抒發的詞人，因此又為宋詞開創出一番局面。可是，也因為他的詞難懂，所以歷來評價不一。像宋代詞論家張炎就說：「吳夢窗詞如七寶樓臺，炫人眼目，拆碎下來，不成片段。」就是針對他的詞不好懂，且詞中的敘述、時空經常跳來跳去，令人費解而下的評論。確實，吳文英的詞常看起來錯綜複雜，虛實交錯，有時候還寫夢境，所以有的人不喜歡，但若讀懂了其中的意思，會發現他的詞內在還是有邏輯性的，而且安排得很巧妙，是可以一再玩味的。

而《四庫全書總目提要》會把李商隱和吳文英並論，是針對他們在詞、詩作風格上的相似性所下的評論。李商隱的詩也晦澀難懂，但藝術手法精妙，而且也是讀懂之後，能有感人之處。加上兩人同樣都處於一個朝代的末年，又能將一個已經蓬勃發展的文體，再開出新的路來，難怪會被拿來比擬了。

吳文英的人品不好嗎？

前面曾說過，吳文英一生都沒有做官，但是和許多達官貴人有所往來，其中他和吳潛、史宅之的關係相當密切。吳潛曾經擔任過左丞相，為人正直，頗有作為，但與當權的賈似道不合。賈似道在《宋史》中被歸類為奸臣，由於他的姊姊是宋理宗的貴妃，靠著這層關係，賈似道獲得起用。他性格陰險，曾假冒軍功；排擠人才，在朝中專權了十幾年；不顧國事，反而恣意享樂，且吳潛之所以會死，也是因為賈似道的陷害。而吳文英與吳潛交好，卻又曾贈詞給賈似道，因此被人所詬病，認為他阿諛權貴，攀附關係，進而也影響了對其詞作的評價。

但是，也有人為吳文英說話。首先是吳文英雖與這些權貴交好，但似乎只有來往，而沒有求取官職。再者，他所贈與賈似道的詞，多是在賈似道當權之前；即便是當權之後有贈詞，但當時本就有許多人投賈似道所好而獻詞，特別是他生日時，所以吳文英這樣做也無可厚非，因此，也不能說他的人品有很大的問題。

由於吳文英沒有做過官，所以正史中沒有他的記載，目前關於他的資料多只能靠考證，因此，他的人品好壞，難免無法定論。但無論如何，他的詞依舊很有價值，也不應因為懷疑其人品，就連帶認為作品也不好。

四十二、勁歌金曲之一：蘇軾〈江城子・密州出獵〉

老夫聊發少年狂。左牽黃。右擎蒼。錦帽貂裘，千騎卷平岡。為報傾城隨太守，親射虎，看孫郎。

酒酣胸膽尚開張。鬢微霜。又何妨。持節雲中，何日遣馮唐。會挽雕弓如滿月，西北望，射天狼。

北宋神宗時，曾採取王安石的政見，推行新法，但蘇軾是反對新法的，與王安石也理念不合，在政治上便遭到打壓。於是他自請調去外地任官，先到了杭州，接著又到密州擔任通判一職。這首詞就是寫於神宗熙寧八年，蘇軾任密州通判時，一次狩獵後的有感而發。

「老夫聊發少年狂。左牽黃。右擎蒼。錦帽貂裘，千騎卷平岡。」蘇軾寫這首詞時大約四十歲，所以自稱「老夫」，並說自己是姑且發一下少年人的狂氣，左邊牽著黃狗，右邊牽著蒼鷹，再戴上織錦帽子，穿起貂皮裘衣，準備好出獵的裝備後，便帶領著許多人馬，席捲山崗。

「為報傾城隨太守，親射虎，看孫郎。」出獵後，蘇軾看看四周，有許多民眾傾城而出的追隨他。為了報答這些人，他決定親自表演射虎，就像三國的孫權，也曾經英勇的與虎搏鬥一樣。

「酒酣胸膽尚開張。鬢微霜。又何妨。」描述了更豪氣的壯懷。因為酒能壯膽，所以酒酣耳熱之後，胸懷與膽量都放開了。即使已經初老，鬢邊微微發白，那又有什麼關係呢？

「持節雲中，何日遣馮唐。」這兩句是有典故的，《史記》有記載，漢文帝時，雲中（約在今中國內蒙古和山西部分區域）太守魏尚，抵禦匈奴有功，但因為一次與匈奴的戰役中，上報殺敵的人數多浮報了六個，被文帝下令削爵。而後馮唐替魏尚說話，文帝就命馮唐持節（古代使者所持的一種信物）去赦了魏尚的罪，恢復他的官職。在這裡，蘇軾其實是暗喻自己在政治上也是有抱負的，希望有朝一日能再受皇帝重視，派遣像馮唐一樣的人來再度起用他。

「會挽雕弓如滿月，西北望，射天狼。」則是在豪氣地出獵後，所激起的雄心壯志——期望自己有一天能夠出使邊疆，親自上陣殺敵，將宋代的邊患一舉解決。這裡的「西北」，指的是宋朝西邊的西夏與北邊的遼，並將其比喻成象徵侵略與戰爭的星宿天狼星。同時，這個志願點明之後，更能和前面抵禦匈奴的魏尚典故做呼應。

蘇軾是寫豪放詞的始祖，他自己也說，這首〈江城子．密州出獵〉寫出來的風格，與當時流行的風花雪月題材是不同的，且可以讓壯士吹笛擊鼓來唱，不似傳統，都要由美麗的歌妓來表現。可見，蘇軾此詞，在當時就已經是有意當成勁歌來寫的，頗有自己的創意。

延伸知識

蘇軾密州時期的詞作

在密州的這段期間，算是蘇軾創作的一個重要時期，尤其是詞。這時期他所作的詞，開始有許多轉變，突破了以往大家創作詞時，題材與主題上多為感情描寫的局限。除了〈江城子．密州出獵〉以外，還有一首膾炙人口的〈江城子．乙卯正月二十日夜記夢〉，是悼念他亡妻之作，在此之前，還不曾有詞人作詞悼念亡妻的，這一點我們在第十四單元中也有提過。

再來，就是另一首更加出名，還曾被鄧麗君、王菲翻唱過的〈水調歌頭〉：

明月幾時有，把酒問青天。不知天上宮闕，今夕是何年。我欲乘風歸去，又恐瓊樓玉宇，高處不勝寒。起舞弄清影，何似在人間。轉朱閣，低綺戶，照無眠。不應有恨，何事長向別時圓。人有悲歡離合，月有陰晴圓缺，此事古難全。但願人長久，千里共嬋娟。

這首詞前有個小序說：「丙辰中秋，歡飲達旦，大醉。作此篇，兼懷子由。」說明這首詞是他想念弟弟蘇轍而寫的。藉詞思念手足，以及詞中那達觀的思想，在以前的詞作中也非常少見。

此詞的上片，是因中秋有感而發，蘇軾把酒問天，不知道明月是何時就有的？而月亮上的宮殿又有多少年了呢？我想要乘風到月亮上去，又怕那宮殿雖美麗，卻因太高而過於清冷，便在月光下與影子一同起舞，這樣也像是在天上一般了。下片則寫那月亮緩緩繞著朱紅色的閣樓而轉，月光滲入窗中，照著無眠的人。月亮本身沒有愛恨，但為何它的圓滿會讓分離的人們觸景傷情？其實，人生本來就有悲歡離合，自古以來皆是如此，只希望親人能長久平安，就算分隔千里，也能共賞這輪美麗的明月。

這首詞由景生情，也顯示出蘇軾能把個人在人生上的失意、與胞弟的離情，化成一種超然豁達的態度。由以上介紹可知，蘇軾密州時期的作品，確實有很大的轉變與突破，這樣的創作方式，對後來的詞人也產生了深遠的影響。

四十三、勁歌金曲之二：岳飛〈滿江紅．寫懷〉

詞中有情意綿綿的情歌、有傷心欲絕的悲歌，自然也有熱烈激昂的勁歌。這些勁歌總是呈現出奔放、豪邁的情感，讀來或令人感到熱血、受到鼓舞。現在，讓我們來看看詞中最有代表性的勁歌——岳飛的〈滿江紅．寫懷〉。

怒髮衝冠，憑闌處、瀟瀟雨歇。抬望眼、仰天長嘯，壯懷激烈。三十功名塵與土，八千里路雲和月。莫等閒、白了少年頭，空悲切。

靖康恥，猶未雪。臣子恨，何時滅。駕長車踏破，賀蘭山缺。壯志饑餐胡虜肉，笑談渴飲匈奴血。待從頭、收拾舊山河，朝天闕。

岳飛的這首詞，可以說是千古絕唱，裡面寫出了一個忠貞將士慷慨激昂的心情、英姿勇猛的形象，令人為之動容。

有句話叫「敵人的敵人就是朋友」，可是當你與那位「朋友」聯手滅掉敵人之後，依舊還會是朋友嗎？在北宋末年，宋朝廷決定「聯金滅遼」，結果遼被滅了，金也順便把北宋滅了，俘虜了宋徽宗、欽宗，佔領北宋首都和中原地區，建立起他們的政權。

而宋康王趙構則到南京應天府即位，成為宋高宗，統領剩下的南方疆土，歷史稱之為南宋，而此詞就是以高宗初年抗金為背景所寫的。

「怒髮衝冠，憑闌處、瀟瀟雨歇。抬望眼、仰天長嘯，壯懷激烈。」這個開頭，說明了岳飛憤怒激動的心情。他登上高處，憑欄遠望，原本瀟瀟的雨聲已停歇了，但他仍憤怒不已，頭髮因生氣而直往上豎，都要將帽子衝掉了。他抬頭望向遠方，仰天長嘯，但也無法停止內心激烈澎湃的情緒。這一切，都是因為看見國破的景象，使他非常痛恨金人的侵略。

「三十功名塵與土，八千里路雲和月。莫等閒、白了少年頭，空悲切。」是他回顧過去的所作所為，以及遙想抗金之路的漫長與艱難。岳飛認為，他已活到三十歲，但是對國家的功勞和貢獻還很渺小，就像塵與土一樣，所以他更要向抗金事業邁進，逐一收復廣大「八千里路雲和月」的國土，免得將來年華老去，才後悔年輕時沒有好好把握收復山河的時機。

「靖康恥，猶未雪。臣子恨，何時滅。駕長車踏破，賀蘭山❶缺。壯志饑餐胡虜肉，笑談渴飲匈奴❷血。」寫徽、欽二帝被擄，這靖康之難的國恥還未雪清，身為臣子的恨，何時才能滅？這裡更表現出他忠君愛國的情操。而正因國仇未雪，所以要駕著戰車，踏破敵人的陣營，餓了就豪邁的吃掉這些敵人的肉，渴了就在談笑間喝掉敵人的血，才能消去心頭之恨。

「待從頭、收拾舊山河，朝天闕。」也是岳飛的心願，希望不僅能打場勝仗，也能幫助朝廷收復舊時山河，回去拜見皇帝。

看完這首詞，我們或許能明白其傳唱不絕的原因。主要是從詞中可以感受到岳飛那用盡心力、勇往直前的氣魄和堅持，以及滿腔的熱血，都是想為國家、為淪陷在金人統治下的宋代人民，爭取回原本的東西。而且那是一個內憂外患的時代，外有敵人不說，朝廷內也有不少小人；岳飛處在這樣的情況中，仍然勇往直前，堅持到底，這種精神令人感動。而他最後斷送在奸臣秦檜的手中，更是令人替他惋惜。

❶位於中國內蒙古和寧夏的交界處，在古代是匈奴、鮮卑、党項等民族的活動地區。宋朝時，党項人建立起政權，名為「大夏」，歷史上又稱為「西夏」，賀蘭山即為當時西夏的領土。

❷這裡「匈奴」是比喻金人。而「匈奴」這個民族，在漢代以前為中國的一大外患，但在西漢與東漢交替時，分裂成南匈奴與北匈奴。南匈奴臣服於漢，北匈奴則於西元一世紀末被漢朝擊潰之後，開始大量往今天的歐洲遷徙，所以宋代應當是沒有這個外患的存在了。此一名詞，在宋代也非像漢朝一樣，實指某一民族，宋人會在詩詞中用到匈奴一詞，只是借來做外侮的象徵、比喻。

〈滿江紅．寫懷〉不是岳飛寫的？

清朝有位文人，名叫余嘉錫，首先開始懷疑這首〈滿江紅．寫懷〉不是岳飛寫的，原因是岳飛的孫子岳珂曾撰《金陀粹編》這本書，替岳飛喊冤辯白，裡面也收集了不少跟岳飛有關的史料、作品等，但是〈滿江紅．寫懷〉卻沒有被收錄到《金陀粹編》裡面。再來，這首詞目前可見的最早蹤影，是在明代杭州岳飛墳前的碑石上，而這之前沒有出現過，也沒有相關記載，所以許多人懷疑，這首詞其實是明代的人寫的，再假託岳飛之名。

詞中還有一個地方令人懷疑，就是「賀蘭山」這個地名。賀蘭山在當時是西夏的領土，但岳飛抗的是金，所以這點也非常奇怪。

這些疑點提出後，引起不少爭議。因為也有人認為「賀蘭山」可以和「匈奴」一樣，只是一種對異族領土的泛稱及象徵。而且宋、明之間是元朝統治，蒙古人不喜歡這些具有反對外族意識的作品，所以有可能被禁，大家也不敢流傳這樣的作品，直到明代才被顯露出來，因此不能斷定這首詞不是岳飛寫的。

由於爭議很多，這首詞到底是不是岳飛所寫，可以說是樁懸案。如果單從文學欣賞的角度來看，它確實有藝術價值，（岳飛總共只留下三首詞，另外兩首其實也寫得不錯），但此詞如果脫離了岳飛的故事，意義與感動就少了許多。且它就算是後人偽作再假託岳飛，那這個作者也稱得上是幫忙代言。所以不論是不是岳飛寫的，這首詞都不能脫離岳飛而獨自存在。

四十四、勁歌金曲之三：張孝祥〈六州歌頭〉

長淮望斷，關塞莽然平。征塵暗，霜風勁，悄邊聲。黯銷凝。追想當年事，殆天數，非人力，洙泗上，弦歌地，亦膻腥。隔水氈鄉，落日牛羊下，區脫縱橫。看名王宵獵，騎火一川明。笳鼓悲鳴。遣人驚。

念腰間箭，匣中劍，空埃蠹，竟何成。時易失，心徒壯，歲將零。渺神京。干羽方懷遠，靜烽燧，且休兵。冠蓋使，紛馳騖，若為情。聞道中原遺老，常南望，羽葆霓旌。使行人到此，忠憤氣填膺。有淚如傾。

這首詞約作於南宋孝宗隆興元年前後，那時，宋金正如火如荼的開戰中，但隆興元年宋軍在符離大敗，宋朝中的政治局勢開始傾向議和，因此主張講和的主和派開始得勢。隔年，雙方訂下和議，約定以淮水為兩國交界，且南宋每年須支付大筆金錢給金國。此詞就是在這樣的背景下寫成的。

「長淮望斷，關塞莽然平。征塵暗，霜風勁，悄邊聲。黯銷凝。」寫的是詞人站在長長的淮水防線上遠望，看見關外的平原，草木生長得非常茂盛，但在這一帶，風塵黯淡，風霜強勁，且悄無人聲，令人傷神。

「追想當年事，殆天數，非人力，洙泗上，弦歌地，亦羶腥❶。」是說，追想當年，靖康之難造成了今天的局面，但這一切都是天命，而非人力可改。原本孔子講學的地方，如今也要沾染了金人的腥羶之氣。明白指出中原地區的人民，淪陷於金國的慘狀。

「隔水氈鄉，落日牛羊下，區脫❷縱橫。看名王宵獵，騎火一川明。笳鼓悲鳴。遣人驚。」感嘆宋與金僅是一水之隔，然兩邊的情形卻相差很多。以前本是宋朝領地的淮河以北，如今已盡是金人的天下。在那裡，已布滿金人的氈房❸和放牧的牛羊，還有建立好的哨崗，縱橫分布在各地。晚上時，金國的將領貴族們出來打獵，火把多得照亮了河川。他們的笳、鼓聲，使人聽了心驚。

「念腰間箭，匣中劍，空埃蠹❹，竟何成。時易失，心徒壯，歲將零。」下片轉而抒發自己的壯志未能實現。詞人以自己的兵器都生了塵土和蛀蟲，來比喻主和的聲勢

---

❶「洙泗」是指洙水和泗水，都在山東。和下句「弦歌地」一起看，可指孔子講學的地方，並引申為有經過儒家文化薰陶的地方。「羶腥」則是指金人畜牧的牛羊發出的腥羶之氣，用此比喻中原地區已被金人所佔領、染指。

❷金人的一種哨崗。

❸金人用毡毛所做的帳篷。

❹埃蠹是指塵埃和蛀蟲。

當頭，因此抗金殺敵的抱負不得施展，以至於今天還無所成就。同時，也感慨時間和機會容易消逝，而自己的年華也將老去。

「渺神京。干羽方懷遠，靜烽燧，且休兵。冠蓋使，紛馳騖，若為情。」此處筆鋒一轉，寫以前的京城還那麼渺遠，雖然議和可暫時休兵，然而這豈為良久之計？宋金兩方的使者，往來頻繁，更使詞人感到羞愧。

「聞道中原遺老，常南望，羽葆霓旌。使行人到此，忠憤氣填膺。有淚如傾。」則痛念中原地區的遺民，他們非常希望能再回歸南宋，所以頻頻南望，但最終他們的熱切盼望變成失望了。有感於此，不禁將忠憤之氣化成了滿臉的眼淚。

這首詞表現出詞人對於主和的不滿，覺得一味的與敵人議和，不是長久之計，只會讓敵人更加得寸進尺，而且，也救不了還在北方水深火熱的宋朝人民。像這樣的詞作，在南宋其實滿常見的。從岳飛、辛棄疾的詞作，我們也可看出這些詞人是如何關懷憂心國事的。這自然是受到了南宋時代環境的影響，因而與以往那些描寫愛情、美女的詞作，形成強烈對比；也凸顯出，詞這文體，其實在創作上是沒有太多局限性的。

愛與蘇軾較量文采的張孝祥

張孝祥，字安國，號於湖居士。據說他很喜歡蘇軾，《四朝聞見錄》記載：「嘗慕東坡，每作為詩文，必問門人曰：『比東坡何如？』門人以『過東坡』稱之。」這段話意思是說，他每每寫了詩文，都要問人說跟蘇軾相比如何？後來大家都會跟他說，寫得比蘇軾好。而張孝祥的詞，在蘇軾到辛棄疾之間，起了承先啟後的作用，所以，在蘇辛所代表的豪放詞派中，他是個值得注意的詞人。

張孝祥約二十三歲時以第一名考上進士，很受宋高宗賞識。他是一個剛正有氣節的人，當岳飛因為秦檜而入獄時，張孝祥曾上書給高宗，替岳飛說話，但也因此得罪了秦檜，跟著入獄，一直到秦檜死後，才洗清罪名。他在宋孝宗時，任中書舍人，後又因張浚的命令而留守建康。張孝祥是傾向主戰的，支持當時的抗金大將張浚，但符離之戰失敗，主和派因此勢力崛起。不久之後，張孝祥受到主和派的打壓，往後一直不得志，結果竟年紀輕輕的，三十八歲便因憂成疾而過世了，相當可惜。

四十五、勁歌金曲之四：辛棄疾〈破陣子・為陳同甫賦壯語以寄〉

醉裡挑燈看劍，夢回吹角連營。八百里分麾下炙，五十弦翻塞外聲。沙場秋點兵。
馬作的盧飛快，弓如霹靂弦驚。了卻君王天下事，贏得生前身後名。可憐白髮生。

這首詞是送給陳亮的。陳亮與辛棄疾同為主張抗金的一派，所以志同道合、聲氣相投，時常互有書信、詞作的往來，一起抒發抗金的壯志。這首詞即為其中之一。

「醉裡挑燈看劍，夢回吹角連營。」是寫詞人喝醉的情景。在酣醉中，他挑明了燈火，凝視手中的劍，直到隨著醉意入睡。夢裡，他回到軍營之中，聽到各個軍營中傳來的號角聲。

「八百里分麾下炙，五十弦翻塞外聲。沙場秋點兵。」是寫作者的夢境，也可以說是回憶。「八百里」在這裡是指牛，這個典故出自《世說新語・汰侈》❶。相傳王愷有一頭很好的牛名叫「八百里駮」，所以這裡是以「八百里」借指牛，「八百里分麾下炙」，就是把烤牛肉分給部下吃的意思，表示將士們是同甘共苦的，將領有好的糧食，就必會和屬下分享。「五十弦」是樂器的泛稱，「翻」則是演奏的意思，這個字帶出了軍中樂曲的緊張急促。而「沙場秋點兵」，是形容點兵時的壯闊場面。

「馬作的盧飛快，弓如霹靂弦驚。」句中的「的盧」，是一種很有名的馬，相傳劉備就是騎乘的盧。有一次，蔡瑁設計要害劉備，劉備慌忙逃出，卻在途中遇上了寬闊水深的檀溪，在走投無路之下，的盧竟一躍三丈（約十公尺），越過檀溪，救了劉備一命。而「弓如霹靂弦驚」則是指拉起弓弦射出箭的力道是很強的，就像那迅急且巨大的雷聲。從「八百里分麾下炙」到「弓如霹靂弦驚」，都是在形容軍中雄壯威武的場面。

「了卻君王天下事，贏得生前身後名。可憐白髮生。」講出了辛棄疾的心聲，也讓那壯闊的夢境陡然回到了現實。現實中，辛棄疾是希望「了卻君王天下事」，也就是期望幫皇帝解決與金朝的問題，在生前和死後都能留下名聲。而「可憐白髮生」則帶出兩層意思：一是若真解決了天下事，那英雄恐怕也差不多老去了，有種現實中的無

---

❶《世說新語．汰侈》是專門記載貴族們奢侈的故事。其中有一個故事是這樣的：「王愷有一頭很好的牛，名叫『八百里駮』，他經常裝飾這頭牛的角、蹄。有一天，王濟和王愷打賭射箭，說：『我的技術不如你，若是贏了，就給我那頭牛；我若輸了，則給你千萬錢。』王愷自認射術了得，也認為這麼好的牛，王濟就算得到了也沒有殺掉的道理，便答應了，還讓王濟先射箭。結果王濟一箭就射中靶心，便命人馬上將牛心取出來。過沒多久，烤牛心就上桌了，王濟只吃了一口就離開。這故事不禁讓人想像，王濟對於稀奇的良牛也不當一回事，可見其奢侈。而辛棄疾於此處，只是借用了故事中的「八百里駮」來指烤牛肉。

奈，畢竟年華的老去是英雄的大敵。另一層意思，則是感嘆自己不受朝廷重用，有志難伸，以致白髮已生，卻一事無成，而夢中的豪氣，就只能在夢中。像這樣充滿理想和壯志的夢境，代表了詞人心中莫大的激情；再拿來與殘酷不得志的現實做比對，的確更能將詞人心中那股壯志難酬的感觸，寫得更為深刻。

延伸知識

辛棄疾的盟友兼詞友

陳亮，字同父，號龍川先生。浙江永康縣（今永康市）人。生於宋高宗紹興十三年，卒於宋光宗紹熙五年，年五十一歲。他從小就熟讀各類史書，對軍事方面也很有研究。根據《宋史．陳亮傳》的記載，他年輕時，就因為擅於寫軍事方面的文章而小有名氣；也在很年輕的時候，就已經主張抗金，可惜，一直沒有受到皇帝的重視。

直到淳熙五年，他再次上書宋孝宗，終於引起了孝宗的注意。但是，主張抗金的人，在朝中總是受到主和派的打壓和排擠，陳亮又是很正直的人，所以跟許多朝廷官員總是不合，於是，很快的又不受重用了。這以後，他雖然還是多番發表主張，不斷上書給皇帝，卻受到重重阻礙，甚至被政敵陷害，兩次因莫須有的罪名而入獄。一直到他五十歲的時候，才被拔擢為狀元。可惜天不假年，也或者他真的沒有做官的命，五十一歲時就過世了，沒有機會實現他的理想。

由於主張相同，辛棄疾和陳亮成為好友，他還曾把陳亮比喻成陶淵明，對他有很高的評價。他們兩人常以詞作唱和、來往，陳亮在詞中，也經常抒發他對抗金的看法，或是用議論的方式來寫詞。最有名的為〈念奴嬌．登多景樓〉，可以說是他對於如何抗金的精采議論，雖然詞的名氣不如辛棄疾，但在詞裡擅用典故史實、論說觀點、抒發抱負等特點，和辛棄疾多有相似之處。所以，這兩人既是理想上的盟友，也是文學上的詞友，而有志難伸的境遇又相同，難怪兩人會如此相知相惜。若想多了解辛棄疾的詞，則陳亮的詞也是可以參考的。

四十六、勁歌金曲之五：辛棄疾〈永遇樂・京口北固亭懷古〉

千古江山，英雄無覓，孫仲謀處。舞榭歌臺，風流總被，雨打風吹去。斜陽草樹，尋常巷陌，人道寄奴曾住。想當年，金戈鐵馬，氣吞萬里如虎。

元嘉草草，封狼居胥，贏得倉皇北顧。四十三年，望中猶記，烽火揚州路。可堪回首，佛狸祠下，一片神鴉社鼓。憑誰問，廉頗老矣，尚能飯否。

京口位於今天的江蘇鎮江，是三國孫吳時建立起來的，內有一座北固亭（又名北顧亭、北固樓）。此詞作於宋寧宗開僖元年，當時，辛棄疾在鎮江擔任知府。他登上北固亭後，因緬懷過往歷史而寫下這首懷古詞，但他也不是單純懷古，而是為了藉古鑑今，抒發當時他對於時局的看法。

「千古江山，英雄無覓，孫仲謀處。舞榭歌臺，風流總被，雨打風吹去。」這段話是說，千古江山如舊，但像孫權一般的英雄，逝去之後便無處找尋了，而曾經的繁華熱鬧、英雄的風流瀟灑，經過歷史長期的風吹雨打，也早已消失。這裡會提到孫權，第一是因為京口為孫吳所建；第二是辛棄疾對於孫權抗衡曹操、劉備等人的雄才大略，很是欣賞；第三，孫吳地處江南，與北方的曹操敵對的歷史，和宋金對峙也類似，所以就在此處歌頌了孫權。

「斜陽草樹，尋常巷陌，人道寄奴曾住，想當年，金戈鐵馬，氣吞萬里如虎」，「寄奴」是南朝宋武帝劉裕的小字，京口剛好是他的出生之地，「斜陽草樹，尋常巷陌」便是指他曾在京口居住的地方。同時，也是他起兵北伐滅了南燕、後秦，「想當年，金戈鐵馬，氣吞萬里如虎」就是追想當年宋武帝的意氣風發。

「元嘉草草，封狼居胥，贏得倉皇北顧」，「元嘉」是指南朝宋文帝劉義隆的年號。在元嘉二十七年時，文帝命王玄謨出兵北伐，結果因為太過草率而失敗，「草草」就是在形容這個狀況。「狼居胥」則是山的名稱，在今內蒙古西北，漢朝的時候，霍去病曾在此攻打匈奴，獲得大勝，並宣示了漢家天威。而據《宋書》記載，宋文帝想討伐北魏，王玄謨就積極獻策，文帝聽了之後很動心，便興起效仿霍去病「封狼居胥」，以漢人大敗外族的想法，可是，結果卻「倉皇北顧」，北伐失敗，狼狽而回。

「四十三年，望中猶記，烽火揚州路，可堪回首，佛狸祠下，一片神鴉社鼓。」這裡是說，辛棄疾從投靠南宋，到任鎮江知府，已經四十三年了，他還記得，南歸前與金人在揚州交手的情況。而「佛狸」是魏太武帝拓拔燾的小名，他擊敗王玄謨後，又繼續揮師南下，在長江北岸建立了行宮，也就是「佛狸祠」；而此祠中，現在已是一片的烏鴉叫聲和社鼓聲。

「憑誰問，廉頗老矣，尚能飯否。」是用廉頗的典故。廉頗曾離開趙國，後來趙王希望將其召回，但又擔心廉頗已老，不堪重用，便派遣使者去探視廉頗。廉頗的體力其實還很好，但使者被別人收買了，便回報說廉頗只一餐飯的時間內，就上了三次廁所，於是趙王以為廉頗已老，就沒有再起用他。這裡是辛棄疾以廉頗自比，說自己雖已老，但還是希望能受到朝廷重用，他願再為北伐金人出力。

辛棄疾寫此詞時，朝中有個權臣叫韓侂胄，正積極的籌畫北伐，而辛棄疾雖贊成北伐，卻認為此刻不適合貿然出兵，要等做好萬全準備再說。所以這首詞是針對這件事情而寫的，在詞的上片與最後三句，表示出自己仍想北伐的決心壯志；中間卻以過去失敗的例子為戒，提醒勿重蹈覆轍。能融貫古今，又兼抒發心志和看法，這首詞可說是相當的難得。

韓侂胄主張的北伐為何失敗？

韓侂胄是南宋寧宗時的權臣，受寧宗的賞識，但韓侂胄因與朱熹不合，禁絕了理學，造成人心漸失。後來，韓侂胄開始主張北伐，想藉此鞏固地位。這一主張雖然別有用心，卻贏得了滿多的支持，辛棄疾、陸游等也在此時開始和他有較多的往來。但是由當時宋金二國的形勢來看，主張北伐其實是很冒險的，一方面是兩邊實力相當，一方面也是金寧宗治國有道，在沒有強烈不得已的動機，或者必勝的把握下，不該貿然北伐。辛棄疾不支持此刻北伐，卻不能貿然上諫，因為韓侂胄根本聽不進去，還把反對者貶官或送入監獄，只好作詞表示自己的看法。

但韓侂胄仍堅持加快北伐的行動，還追封岳飛為鄂王，謚號武穆，革去了秦檜的官爵。北伐過程準備草率、用人不當，結果當然是失敗了，韓侂胄也因此丟了性命，在歷史上留下褒貶不一的評價。

四十七、經典傷心情歌之一：范仲淹〈蘇幕遮〉

離別，向來是人生中無法逃避，卻又令人備受煎熬的一件事。由於每個人都會有這樣的經驗，而詞又適合拿來抒情，所以，這些描寫離別、相思之情的作品，也非常多。加上不論古今的讀者，也多有過這樣的經驗，就更容易引起共鳴。

現在，我們可以先來看這首經典的傷心離歌——范仲淹的〈蘇幕遮〉：

碧雲天，黃葉地。秋色連波，波上寒煙翠。山映斜陽天接水。芳草無情，更在斜陽外。

黯鄉魂，追旅思。夜夜除非，好夢留人睡。明月樓高休獨倚。酒入愁腸，化作相思淚。

秋天，是令人落寞的季節，因為秋天一到，一草一木的凋謝都特別明顯，氣溫也轉冷了，很容易引起人的傷感。畢竟，每天所見都是生命的凋零，而如果心中本就有憂愁的情緒，看到這樣的景象，自然更加心情沉重。

這首詞就是作於這樣的背景之下。北宋初期，與西夏時常發生戰爭，范仲淹於是來到陝西，擔任陝西四路宣撫使，處理對抗西夏的事務。離鄉背井，加上處理戰事的壓力，又到了荒涼的秋天，范仲淹自然有滿腹的感慨，就寫下了這首詞。

「碧雲天，黃葉地，秋色連波，波上寒煙翠。」寫的正是當時當地的秋景。秋天的天空總看起來特別高，可以看見碧藍的顏色與遠處的白雲，但是，地上卻鋪滿了黃色落葉。這樣的秋色倒映在水面上，加上秋風吹起陣陣漣漪，看起來就像秋天的各種色彩，一波一波的相連而去，且水面上，還籠罩著看來寒冷的碧色煙霧。

「山映斜陽天接水，芳草無情，更在斜陽外。」道出了時間，夕陽西下，傾斜的陽光與山互相掩映，天色接著水色。連綿的芳草，本身是沒有情感的，但我的離愁、思念卻像那芳草❶一樣，無止盡地延伸到斜陽之外。

「黯鄉魂，追旅思，夜夜除非，好夢留人睡。」是由景入情，秋天寥落的景色勾起我的鄉愁，那愁令人黯然銷魂，令人在旅途中糾結心腸，也令人夜晚輾轉難眠，除非是那晚有個好夢，可以暫時讓我忘卻而安睡。

「明月樓高休獨倚，酒入愁腸，化作相思淚。」是寫明月當空時，千萬不要獨自登上

---

❶在詩詞中，綿延生長的草經常被拿來象徵離愁，表示自己的離愁也和這些草一樣，似乎沒有盡頭。比較有名的例子有：古詩〈飲馬長城窟行〉：「青青河畔草，綿綿思遠道」、李後主〈清平樂〉：「離恨恰如春草，更行更遠還生」等。

高樓倚望，否則月亮也會勾起我的鄉愁，讓我喝下的每一滴酒，都化成點點相思淚。

自古以來，多愁善感的文學家，總容易因為外在景物的變化，勾起某些感慨、愁緒，這首詞不僅細膩地寫出了秋景，更藉由秋景的觸動，寫出了羈旅途中的懷鄉之情。雖然范仲淹的〈岳陽樓記〉中曾說：「不以物喜，不以己悲。」提到不要因為外物而影響心情，要將個人得失與情緒置之度外，以天下國家為重，但個人的得失或許比較容易排遣，鄉愁卻是無法可解的。也難怪在這個時候，范仲淹雖然正在為國家效力，卻還是不能免俗地受到外在景物的影響，勾出了個人的愁緒。加上詞又適合抒情，就造就了此詞。另一方面，觸景而生情也是詞中常用的手法，所以，范仲淹用景帶出情，也可能是受此影響。

延伸閱讀

為何范仲淹叫「小范老子」？

宋寶元元年時，西夏正式建國，並開始對宋發動較大規模的戰爭，但宋軍卻幾度大敗，例如延州、好水川、定川砦等戰役，皆傷亡慘重。宋康定元年，范仲淹自越州改任陝西經略副使兼知延州（今陝西延安），而延安一帶才正經過戰火洗禮，因為兩方交兵，當時的將軍范雍中了西夏的詐降計，吃了敗仗。

范仲淹調來之後，整頓邊防，並將策略轉守為攻。他認為不需立即反擊，先以防守為重，再把軍隊去蕪存菁，加強訓練；接著修築城寨加強防禦，恢復原本荒蕪的田地，把過去邊防的許多弊端和缺失都解決了。不僅自身軍事實力充實了，建築起的防線也令西夏無法隨意入侵，西夏見打仗已經沒有好處，只好轉而議和。

所以，雖然范仲淹不是驍勇善戰的大將軍，卻是善於謀劃策略的軍事家。當初對西夏的策略，他力排反擊的眾議，堅持先防守，最後事實證明這是成功的，而且付出的代價也比戰爭小很多。相傳當時在西夏，大家都互相告誡說：「今小范老子腹中自有數萬兵甲，不比大范老子（范雍）可欺也。」這裡的「老子」其實有著尊稱的意味，「腹中自有兵甲」則是形容他善於軍事。可見西夏人認為他是個可敬的對手，而「小范老子」這個名號也就這麼叫出來了。

四十八、經典傷心情歌之二：歐陽修〈蝶戀花〉

閨怨是詞中相當常見的題材，而在眾多閨怨作品中，能脫穎而出成為佳作的，自然有它的特色。歐陽修有一首〈蝶戀花〉，就是閨怨詞中的佳作，而且還造成了不少的迴響。

歐陽修的〈蝶戀花〉全詞如下：

庭院深深深幾許。楊柳堆煙，簾幕無重數。玉勒雕鞍遊冶處。樓高不見章臺路。
雨橫風狂三月暮。門掩黃昏，無計留春住。淚眼問花花不語。亂紅飛過鞦韆去。

開頭的「庭院深深深幾許。楊柳堆煙，簾幕無重數。」就營造出一個深重而封閉的環境。先說庭院看來幽深，不知深幾許，院中的楊柳層層堆疊，一片如煙如霧的樣子，也像那阻絕了外界的重重簾幕一般。

「玉勒雕鞍遊冶處。樓高不見章臺[1]路。」轉而說到自己既思念又埋怨的良人。他乘駕的馬匹，配有華貴雕飾的韁繩和馬鞍，但是他所遊玩的地方，是不知何處的花間柳巷，而我所在的高樓望不見這些地方。

下片的「雨橫風狂三月暮。門掩黃昏，無計留春住。」是說三月的暮春，正下雨刮風；關上門，掩住了黃昏，春天將逝，卻沒有任何辦法能把它留住。這裡的「暮」字，既有春天將過，又兼有黃昏之意，也象徵著自己的青春好像快要凋謝一樣。

「淚眼問花花不語。亂紅飛過鞦韆去。」是這女子因為獨自一人，就算有心事，也只能對著花兒訴說。也許她對於這一切都有著疑問，可能是良人何時才能收心回來？也可能是自己為何要遭受這般命運？但花兒不語，只是紛亂的飛過鞦韆，一去不返。

這首詞，如果只是單純寫閨怨，或許難以成為千古名作，必然是有其特殊的藝術手法，以及更幽微的深意。先看藝術手法，上片的內容，就好像有一架攝影機，將鏡頭由近而遠，慢慢往外推去。先是深重的庭院，再是遠方游冶的良人，然後是高樓遠望也看不見的地方，這些重重屏障與遙不可及的意象，更加襯托出女子孤獨一人，以及被禁錮在精美牢籠中的感覺。下片則用雨橫風狂、春天將逝，帶出女子的無奈之感。而花不憐人，不留戀地落下、離開，也是在襯托女子的孤獨和無助。

此詞也頗有一些深意，例如「樓高不見章臺路」，表面意思可以說是丈夫遊玩到不知何處了，但另一方面，也可以解釋為這女子的心氣還是有點高的，所以她也不願見

❶漢朝時長安的一條街名，為妓院酒館聚集之處。

到那些令她難過的地方。古代的女子沒有什麼自主權，詞中的女主角，大概就是嫁給了紈褲子弟，她不喜歡丈夫如此，但也沒有力量去改變，只能被囚困住，而保有僅剩的一點點自尊心。至於「亂紅飛過鞦韆去」，也正說明了外物與時間的無情——花該落時，本就不等人的，美好的青春，同樣不會等人，最後作者沒有繼續交代女主角的結果，卻留下了無限的感慨給讀者。但是，不只女子的命運如此，其實很多時候，人都是一樣的，也許會受到各種限制、綑綁，而人的命運也往往受到無情的擺佈。

不可否認，這首詞非常的傷感。或許對於自主性較高，也較勇於追求自我的現代人來說，無法體會為何生命如此的消極，但，或許我們也能學著，在真正面臨無法改變的情況時，至少內心還能保有一點自己的情操。

延伸知識

「庭院深深深幾許」引起的迴響

李清照曾經寫過數首〈臨江仙〉，再作序說：「歐陽公作〈蝶戀花〉，有『庭院深深深幾許』之句，予酷愛之，用其語作『庭院深深』數闋。」這段話意思是說，李清照見了歐陽修〈蝶戀花〉「庭院深深深幾許」的句子後，非常欣賞，也沿用了這個句子，另外作了幾首〈臨江仙〉。其實，歐陽修此句連用三個深，確實是絕妙好「疊」，強調了庭院之深和閨怨之深。李清照把此句原封不動地移植到其他詞作中，用現代的話來說，就是一種「致敬」了。

電視劇《還珠格格》的原著作者瓊瑤，在多年前也寫過一部長篇小說，就叫《庭院深深》。其中的女主角章含煙，就曾有一段被囚禁在傳統禮教觀念中，不得掙脫，因此心事無人訴說的經歷，「庭院深深」就是她這種心情的寫照。但宋朝的女子或許無力反抗，近代的女子卻不然，因此章含煙後來脫離了束縛，搖身一變成新時代女性，最後重獲愛情與親情。這部小說也被改編成電視劇和電影，曾經風靡一時。

四十九、經典傷心情歌之三：柳永〈雨霖鈴〉

在柳永的詞中，描寫旅途和離情之苦的「羈旅詞」，是他最具代表性的詞作類型。其中，又以〈雨霖鈴〉最有名：

寒蟬淒切。對長亭晚，驟雨初歇。都門帳飲無緒，留戀處、蘭舟催發。執手相看淚眼，竟無語凝噎。念去去、千里煙波，暮靄沉沉楚天闊。

多情自古傷離別。更那堪、冷落清秋節。今宵酒醒何處，楊柳岸、曉風殘月。此去經年，應是良辰、好景虛設。便縱有、千種風情，更與何人說。

開頭的「寒蟬淒切。對長亭晚，驟雨初歇。」就先點出離別的場景和時間。「寒蟬」常在秋天日暮時鳴叫，聽在要離別的人耳中，格外的淒切。「長亭」是古代設立給旅人休息的驛站，每十里（大概為現代的五公里）就有一處，所以往往也和分別、送別有關。「對長亭晚，驟雨初歇。」也就是指，面對著長亭時，正是傍晚，那時一場驟雨才剛停歇。

「都門帳飲無緒，留戀處、蘭舟催發。執手相看淚眼，竟無語凝噎」，「都門」是指京城，「蘭舟」則是對船的雅稱，這幾句的意思是說，在京城裡設下帷幕，擺酒餞行，但因為要離別了，所以沒有心緒喝酒，正在此留戀不捨時，船夫又催促著要開船了。兩人握著彼此的手，淚眼相對，但此詞此刻，已是哽咽得說不出話來。

「念去去、千里煙波，暮靄沉沉楚天闊。」這裡的「去去」，其實只有去、離開的意思，但用疊字強調，表示要去的地方非常遙遠。而「楚天」則是指南方的天空，暗暗指出了行旅的方向。這兩句話是說，想到那重重遙遠、迢迢千里的水路，應是一片煙波瀰漫，晚間的雲氣低沉，但南方的天空，想必是遼闊無際的。

下片更進一步地描寫離情，「多情自古傷離別。更那堪、冷落清秋節。今宵酒醒何處，楊柳岸、曉風殘月。」是說自古以來，多情的人總會為了分離而傷心，更何況，是在清冷寥落的秋季。接下來，「今宵酒醒何處，楊柳岸、曉風殘月。」則是詞人設想，今晚我一定會因為分離而喝個大醉，待到酒醒，會身在何方？應該就是在那楊柳岸邊，只有破曉的涼風和殘月相伴吧！

「此去經年，應是良辰、好景虛設。便縱有、千種風情，更與何人說。」則是說，此番離去，怕是長久不得見，這以後，縱有良辰美景，也如同虛設，即便有千萬種情感，又能向誰訴說呢？

此詞採用比較白描、鋪敘的方式寫成，用各種淒涼的景物，來襯托分離的悲苦。再用「執手相看」對比「蘭舟催發」，就像電影中，男女主角在車站或碼頭分離時，總是依依不捨，直到火車或船隻的鳴笛聲驚動了兩人，要遠行的那一方，才會不得已地離開。然後，詞人又設想未來的日子，恐怕是一片黑暗，更帶出無盡的愁緒，使人深刻地感受到那最純粹的離情。然而因為純粹，所以更叫人難受。

這首歌的原曲，今天已經聽不到了，但是現代有根據〈雨霖鈴〉歌詞，再作改編、配樂的歌曲，由歌手辛曉琪演唱，也頗有一番味道。

延伸知識

親愛的，他把詞變「大」了

柳永的詞有兩個特點，一個是大量創作篇幅較大的詞，一個是把詞中景物給放大了。

如果我們翻開五代到北宋初期的文人詞集，會發現大多數都是小令，這是因為小令跟詩比較相像，對慣於寫詩的文人來說，小令自然比較好上手，畢竟當時大多文人都只認為詞是娛樂之用，不需花太大力氣去鑽研；另一方面，小令因為篇幅關係，語言也需要比較簡潔、凝鍊，讓人有比較多想像空間，這也比較符合文人對於文學的審美觀。而篇幅較大的長調，其實在民間一直都有流行，但文人多不願意採納，一來因為篇幅大了，很多東西可能要寫得更明白，就無法創造出深遠的意境，二來是不願花太多心力去創作不熟悉的長調。所以在柳永之前，很多文人大多都只寫小令。

但是，柳永面對的歌妓、聽眾，多是來自民間，所以自然會創作長調，很多東西也要講得明白點。但如前面所說的，柳永也有他文人的一面，所以有部分長調其實寫得很好，藝術價值很高。且長調適合敘事、鋪陳，用得好的話，反而可以讓詞作內容更加清楚完整，也能適當保留餘味，於是就逐漸影響了後來的文人，也開始創作長調了。

另一方面，以往的詞作都是圍繞著女性，出現的景物也多局限在閨閣之中，但柳永因為後來常要奔波各地，所以經常將旅途中的景物寫入詞中，詞裡的景物空間就從閨閣裡放大出來了。再融入一些他的離別之慨、奔波之苦，就創造出另一種詞風。後人將他這類詞歸類為「羈旅詞」，如〈雨霖鈴〉（寒蟬淒切）、〈八聲甘州〉（對蕭蕭暮雨灑江天）等，是他的作品中藝術價值最高，也是目前最有名的。

五十、經典傷心情歌之四：蘇軾〈江城子〉

人生的分離有很多種，但最令人難受的，還是死亡所帶來的永別，而且，對於還在世的生者而言，這種痛往往是複雜、深刻的。歷代詞作中，關於悼念死者、死別之痛，寫得最有名的，非蘇軾的〈江城子・乙卯正月二十日記夢〉莫屬了：

十年生死兩茫茫。不思量。自難忘。千里孤墳，無處話淒涼。縱使相逢應不識，塵滿面，鬢如霜。

夜來幽夢忽還鄉。小軒窗。正梳妝。相顧無言，惟有淚千行。料得年年斷腸處，明月夜，短松崗。

這首詞是悼念蘇軾已過世的妻子——王弗。王弗是在十六歲時，嫁給十九歲的蘇軾，婚後兩人十分恩愛。王弗也是一個賢慧的妻子，在蘇軾為王弗所寫的〈亡妻王氏墓誌銘〉中，就有許多關於王弗的記載。例如，王弗不曾跟蘇軾說過，自己讀過書，但她每每都會陪著蘇軾讀書，當蘇軾有忘記的地方時，王弗就會提醒他。蘇軾再問王弗其他的書籍，也發現她大略都知道，這讓蘇軾很驚喜，也發現原來王弗的個性雖沉靜，卻很聰敏。

後來，蘇軾在陝西鳳翔擔任判官，有許多朋友會去拜訪他，但蘇軾是一個很容易信任朋友的人，所以王弗就會站在門簾後面，聽他們的談話，替蘇軾辨別朋友的好壞。曾經，在一個客人離去後，王弗就告訴蘇軾：「這個人毋須和他多談，因為他一直在揣測你的心意，迎合你說的話。」後來果真證實了王弗很會看人，所以蘇軾也發現，聽太太的話準沒錯。只可惜，王弗二十七歲就過世了，兩人只育有蘇邁一個兒子。王弗去世後過了十年，寧熙八年時，蘇軾在密州，那年的正月二十，蘇軾夢見了王弗，醒來便作了這首〈江城子〉。

「十年生死兩茫茫。不思量。自難忘。」一開頭寫的就是兩人已生死分別了十年，都對對方一無所知，但在這十年中，即便不特地想起妻子，卻也是難以忘懷的。

「千里孤墳，無處話淒涼。」指的是王弗葬於蘇軾家鄉四川眉州，與山東的密州真有很長一段距離，想到妻子的墳孤伶伶的葬在千里之外，自然是令人痛心的，縱使想到墳前和妻子說說話，也是一種奢望。

「縱使相逢應不識，塵滿面，鬢如霜。」是說，已經分離這麼久、這麼遠，而在這十年當中，除了因妻子的過世而難過，也歷經了許多不順逐，所以，就算有一天兩人重逢了，想必妻子也認不出他了，因為他早已風塵滿面，霜雪滿頭了。這裡既寫出對妻子的思念，也說明了生者在世，世事變化甚大的感慨。

「夜來幽夢忽還鄉。小軒窗。正梳妝。」正是描述蘇軾的夢境。夢中他忽然回到了故鄉，站在昔日房間的窗外，正看著妻子對鏡梳妝，彷彿過去美好靜謐的時光又重新回來了。

「相顧無言，惟有淚千行。」是說兩人互相凝視著，卻說不出一句話來，只有滿臉的淚水，不停地滑落。在這裡，或許蘇軾也分不清楚這是夢境還是現實，只覺得突然重逢了，往日美好時光突然出現了，驚喜與思念、感傷等種種情緒，一時間紛沓而來，自然是什麼都說不出來了。

「料得年年斷腸處，明月夜，短松崗。」蘇軾兄弟曾在父母墳前種植了許多松樹，而王弗的墓，離蘇洵夫婦的墓非常近，所以，「短松崗」指的也是「千里孤墳」的所在之處，而那裡，想來就是蘇軾年年都會悲痛得斷腸的地方吧！

這首詞之所以膾炙人口，是因為它雖沒有特別華麗的詞藻和修辭，卻能用最真切、平實的語言，道出了深沉的悲痛，所以容易感動人。詞中還將虛的夢境與實的生活交錯呈現，相互映襯。此外，蘇軾是第一個用詞來悼念亡妻的人，這也正是蘇軾「以詩為詞」的一項指標。因為以往詞作中描寫的女性，多半和歌妓有關，即便詞人寫了自己與女性的感情，也多為尋歡作樂的對象，很少會涉及妻子，更少是這麼具體的事件。但蘇軾把原本娛樂性質高的詞，拿來寫「悼亡」這樣較莊重、嚴肅且真實的題材，正表示了他有意突破傳統的創作方式。

蘇軾的賢妻美妾

王弗過世之後，蘇軾再娶了王弗的堂妹王閏之。王閏之陪著他度過了不少人生的風雨，努力持家，陪伴蘇軾的時間，也是最久的。

除了王弗、王閏之兩位賢妻之外，蘇軾還有一個美麗聰慧的侍妾，名叫朝雲，她也姓王，為杭州人。往後，當蘇軾被貶惠州時，她算是最能給蘇軾精神慰藉的靈魂伴侶，大概也是最了解蘇軾的女人了。有一次，當時蘇軾還未被貶到惠州，他在吃完飯後，捧著肚子問家裡的人說，我這肚子中藏有什麼？有人回答是滿肚子文章、滿肚子見識，但蘇軾都說不是，只有朝雲說：「學士一肚子不合時宜。」才讓蘇軾點頭大笑。因為，蘇軾雖滿腹才華與高見，卻常常不容於俗世，不容於政敵，有時甚至不容於同僚，也唯有朝雲，能夠明白蘇軾的這一種心情。可惜，朝雲後來在惠州罹患瘟疫去世，只有三十三歲，當時，距王閏之過世後也不過約三年的時間。朝雲死後，蘇軾也曾作一詩、一詞來悼念她，從此以後，便不再娶妻妾。

五十一、經典傷心情歌之五：李清照〈武陵春〉

許多時候，傷心不是純粹只為一件事情而傷心的，會同時有好幾種情緒夾雜在一起。李清照這首〈武陵春〉，就是混雜了對國破家亡、喪夫流離的悲痛。〈武陵春〉全詞如下：

風住塵香花已盡，日晚倦梳頭。物是人非事事休。欲語淚先流。
聞說雙溪春尚好，也擬泛輕舟。只恐雙溪舴艋舟，載不動、許多愁。

南宋紹興四年，宋金處於交戰時期，李清照十月時避亂於金華。後來金兵在年尾退兵，所以紹興五年的春天時，局勢開始比較穩定，這首詞就是作於當時。

「風住塵香花已盡，日晚倦梳頭。物是人非事事休。欲語淚先流。」寫的是晚春之景。春天快過了，風已漸漸停息，花瓣落在塵土裡，使得塵土沾染了香氣，當然，枝頭上已經沒有花了。已近黃昏，心緒更加寥落，無心於梳頭裝扮——這裡更點出詞人對於任何事情都意興闌珊的情態。花瓣凋零的情景，容易令人傷感。想到花兒年年都會再開，但是人事早已全非，故國不在了，與她夫妻情深的趙明誠已過世，生活也有了巨大改變，這一切都使人難受。縱使想要傾訴，話還沒說出口就已先淚流滿面。「聞說雙溪春尚好，也擬泛輕舟。只恐雙溪舴艋舟，載不動、許多愁。」下片有了一點轉折。也許正因愁苦至極，且局勢已較為穩定，所以詞人聽說金華內的雙溪春景美好，動了遊興，也想去溪上泛舟。只不過，又怕那泛於溪上的小舟，無法承載心中無限的悲愁。

這首詞沒有過於雕飾的字句，所以能給人直接的感動，而且把抽象的、看不見的愁，轉化成有重量的實質，所以，經常被拿來和李煜的〈虞美人〉比較：

春花秋月何時了。往事知多少。小樓昨夜又東風。故國不堪回首月明中。
雕闌玉砌應猶在。只是朱顏改。問君能有幾多愁，恰似一江春水向東流。

李煜此詞作於南唐國破以後，詞裡悲嘆著，春花與秋月，那是年年都會循環出現的，花謝了會再開，月缺了會再圓，但是，人生卻不一樣，逝去的時光就是逝去了，不會再重來。在小樓上，年年所吹的東風又吹起了，但是，故國早已滅亡，對比著恆久的明月，更是不堪回首。遙想故國的雕欄玉砌，應該還在，可是詞人的容顏早已不復當年。你問這愁到底有多少？就好像那一江春水，永遠都會向東流，永遠都不會止歇。

正因為兩位詞人，都曾有美好的回憶，但後來歷經了國家的破亡、人生的困頓，物是人非之後，就像我們現在常說的「回不去了」，所以心中的悲苦是難以言喻的。也因為難以言喻，只好寄託在具體的事物上面，讓那愁苦變得具體，也讓讀者的感受能更加深切。只是，一個是從愁苦的沉重那一面去說，一個是從愁苦源源不絕的那一面去說，且李清照寫得較婉轉，李後主寫得較直露，或許，這正是女性與男性表露情感的一種差別。

延伸知識

「詞中之帝」是誰？

在中國詞史上，詞人輩出，每位詞人都有自己的風格與特色，創新與開拓。幾位大家如蘇軾、周邦彥、辛棄疾、姜夔等人，都各有千秋，因此，詞中之后無疑地是李清照，但詞中之帝是誰？卻難有定論。可是，詞史上還是有一位號稱「詞中之帝」的人，他就是李煜，因為他不僅詞寫得好，還曾當過南唐的皇帝。

李煜，字重光，是南唐第三任，也是最後一任君主，在位十五年，一般都稱呼他為李後主。他在政治上沒有什麼特別的政績，但是詞的成就非常高。一般來說，他的作品可以分成兩期，前期是南唐還在時，內容大多是寫他的宮廷生活，以及一般詞都會寫的風花雪月；後期的詞，則是在南唐國破後，轉向抒寫亡國之恨。亡國之恨是一種特殊的情感，沒有經歷過的人很難想像，李煜卻能把它轉化成一般大眾都能理解、體會的感覺，像前面的〈虞美人〉就是，把愁苦的情緒寫得具體，又以「生命的美好逝去就不再回來」做為比擬，寫出一種人類共同的感慨，所以很能感動人心。一般也認為，這類後期描寫亡國之恨的作品，是他藝術成就最高的部分。

王國維曾在《人間詞話》中說李後主是「生於深宮之中，長於婦人之手，是後主為人君所短處，亦即為詞人所長處」。意思是說，他的人生歷練和經驗是很少的，被保護得很好，但是，這雖使他不能成為賢君，卻使他成為好的詞人，為什麼呢？原來，王國維認為，詩人（或詞人、文人）分成兩種，一種是「客觀」的人，他們要閱歷豐富，才能寫出好作品來，像曹雪芹便是；另一種是「主觀」的人，他們反而不需太多閱歷，因為過多的閱歷會使他們性情失真，就寫不出真摯的好作品了，例如李後主。王國維也說，李後主是有「赤子之心」的，像這樣天生易感的人，沒有過多的現實和閱歷去影響他，反而更能寫出他最純真的情感，自然也就能令人動容了。

五十二、經典傷心情歌之六：吳文英〈唐多令・惜別〉

如果有看過周星馳主演的電影《國產凌凌漆》，應該就會對當中周星馳所唱的《秋意濃》有深刻印象。這首旋律哀愁的歌，配上離情淒苦的歌詞，聽起來很感傷。而其中「離人心上秋意濃」這句歌詞，其實正脫胎自南宋詞人吳文英的〈唐多令・惜別〉。〈唐多令・惜別〉全詞如下：

何處合成愁。離人心上秋。縱芭蕉、不雨也颼颼。都道晚涼天氣好，有明月、怕登樓。

年事夢中休。花空煙水流。燕辭歸、客尚淹留。垂柳不縈裙帶住，漫長是、繫行舟。

「何處合成愁。離人心上秋。」這兩句就像一個拆字的字謎一樣，這「愁」字是怎麼產生的？正是分離的人們，心上那股秋意般的寒涼，所以「心」上放個「秋」字，就是愁了。

「縱芭蕉、不雨也颼颼。」這裡的「芭蕉」，不是指水果，而是指芭蕉樹，古人常會在庭院中種植。芭蕉樹的葉子很大，下雨時，雨滴落在葉上的聲音，聽在心緒不佳的人耳中，常會引起愁思。而古時也有許多詩詞，常寫到雨打芭蕉聲容易令人發愁，所以，吳文英這首寫離愁的詞，自然也提到芭蕉了。但是，他卻更進一步的說「不雨也颼颼」，意思是說，就算沒有下雨，那風吹芭蕉葉的聲音，也是令人心碎的，因為，他的離愁又比一般人更苦啊！

「都道晚涼天氣好，有明月、怕登樓。」是延續著前面的離愁而來。雖說秋高氣爽的晚上，登樓賞月是非常舒服的，但是，明月向來也是離人所不敢看的情景，因為「月圓人不圓」是多令人傷感的事？再加上，登高遠望，總不免會想眺望在遠方的那一位，也就更引起離愁了。

「年事夢中休。花空煙水流。燕辭歸，客尚淹留。」下片開頭稍有一點轉折，是懷想過去的情景，但往事如好夢一樣，也像落花、雲煙、流水一樣，逝去了便難尋，連每年都會往南飛的燕兒都離開了，而我這離人遊子，卻還在此地逗留。

「垂柳不縈裙帶住，漫長是、繫行舟。」是用柳枝的意象，「柳」諧音「留」，常被人折來送別，因此往往和離別有關。但吳文英在這裡，卻以柳條絲線般的形體，來象徵「情絲」，再扣合離別，敘說著當年的情絲，無法繫住所思女子的裙帶，卻漫漫長長的繫住了詞人遠行的船，讓詞人一直無法忘懷。

吳文英有兩次深刻但不圓滿的戀情，一個是離他而去的蘇州之妾，一個是過世的杭州女子（或說妾），所以他常在作品中懷念這兩名女子，此詞亦然。這也是他作品中比較特別的一首，因為他的詞作，往往會用典、修辭，而較為難懂，但這首的用語和典故，卻自然且情深。同時，他雖使用了「芭蕉」、「柳」等離別詩詞中常見的意象，卻又不落俗套，不拘於前人的用法，賦予新的創意，延伸出更深的情感，也是此詞特別的地方。

延伸知識

為什麼芭蕉的意象多與愁苦有關？

芭蕉的葉子很大，形狀細長，接近橢圓形，會微微捲起，適合生長在溫暖的環境。古時也常有人將芭蕉種植於庭院中，不僅可以觀賞，也可以在夏天的時候，遮蔽陽光。但是，它卻往往和愁苦扯上關係，這是為什麼呢？

這都要從芭蕉葉說起。首先，芭蕉的葉子呈微捲狀，便有詩人將這種形象與「不開心」的情緒聯想在一起。例如李商隱〈代贈〉：「芭蕉不展丁香結，同向春風各自愁。」就是說芭蕉的葉不開展，丁香的花叢生糾結，一同迎向春風各自憂愁。可見像這類看起來較為捲曲、糾結的植物，容易給人這種聯想。

再來，因為芭蕉葉面積較大，所以下雨時，打在葉片上的聲音格外明顯，白居易就有一首〈夜雨〉說：「隔窗知夜雨，芭蕉先有聲。」但或許因為雨天本就容易令人心情鬱悶，加上打在芭蕉葉上的聲音又特別凸出，因此就更容易引發人的愁緒。如果是夜裡聽到雨打芭蕉聲，大概也無法成眠了。像李清照的〈添字醜奴兒〉也說：「窗前誰種芭蕉樹，……傷心枕上三更雨，點滴霖霪。點滴霖霪。愁損北人，不慣起來聽」、万俟詠〈長相思〉：「一聲聲。一更更。窗外芭蕉窗裡燈。此時無限情。夢難成。恨難平。不道愁人不喜聽。空階滴到明。」寫的都正是這種愁懷。

所以，由於芭蕉的葉形、被雨打時發出的聲音，都令人往愁苦的方向去聯想，自古以來，詩詞中提到芭蕉的，也就多是用以描寫這類的情感了。

五十三、是詞，還是判狀？

蘇軾曾在杭州擔任通判，政績卓著，很受人民愛戴。蘇軾自己也非常喜歡杭州這個地方，將之視為另一個故鄉。而通判分內的工作，就是有訴訟時，必須審決案子。有一次，他就遇到一個奇特的案件。

明代余永麟的《北窗瑣語》中曾說：「宋靈景寺僧了然，不遵戒行，常宿娼家李秀奴，後衣缽一空，為秀奴所絕，僧迷戀不已，乘醉直入，擊秀奴斃之。」這裡記載了一個情殺的故事，在杭州有個靈隱寺，位於靈隱山上，那裡有個和尚，法號叫了然。了然本為清楚、明瞭的意思，但這個和尚，或許清楚自己該守的戒規，卻仍明知故犯，經常出入花街柳巷。後來，他特別喜歡一個名為李秀奴的妓女，也常留宿在李秀奴那裡。可是尋花問柳是非常花錢的一件事，他又只是個沒有太多錢的和尚，所以，很快的，身上的錢就花完了，連衣缽都典當一空。而李秀奴是個認錢辦事的妓女，在了然沒錢之後，自然就不肯與他來往了。

可是，了然還是很迷戀李秀奴。有一天，他喝了許多酒，趁著酒意，又跑去找李秀奴，但仍遭到拒絕，他一時氣憤，就強行闖進屋裡，還把李秀奴打死了。出了命案，當然就有人報官，案子到了蘇軾那裡。蘇軾平日就有不少和尚好友，經常討論哲理，甚至鬥智逞才，所以在了解這個案子之後，感到啼笑皆非。尤其，他還發現了然在自己的手臂上刺了兩句話：「但願同生極樂國，免教今世苦相思。」意思是願一同往極樂世界，免得今生今世還要苦相思。而殺人本屬重罪，蘇軾自然判了然死刑，也順應了然的願望。

為了此事，蘇軾還寫了一首〈踏莎行〉：

這個禿奴，修行忒煞。雲山頂上空持戒。一從迷戀玉樓人，鶉衣百結渾無奈。毒手傷人，花容粉碎。空空色色今何在。臂間刺道苦相思，這次還了相思債。

這首詞的開頭就罵了然是「禿奴」，枉費了他的修行，還愛上了妓女，為此搞得自己衣衫破爛，窮困不堪，真是令人無奈！又重下毒手，殺了李秀奴，現如今，還有什麼色與空的佛理？既然你都刺了「苦相思」三字在手臂上，就讓你赴黃泉去還相思債吧！

此詞看起來就像一篇判狀，把蘇軾的判決寫了進去，並用白話俚俗的語言寫成，內含不少諷刺與滑稽的成分。雖說與蘇詞中其他佳作相比，這首詞沒有什麼價值，但它與以往文人只寫風花雪月的題材，有很大不同，也是蘇詞「無意不可入，無事不可言」特色的表現。在他之前，恐怕沒有人像他一樣，能拿詞來寫判決的。所以，這首詞，不妨也視作蘇軾開拓新題材的表現，讓文人詞也能有活潑多樣的另一面。

是詞，還是藥方？

北宋有個文人，名叫陳亞，從小是由他的醫生舅父帶大，所以對藥名非常熟悉，很喜歡寫「藥名詩」，也寫過幾首「藥名詞」，就是以藥的名稱，或取藥名的諧音，組成文意通順的詩詞。藥名詩由來已久，但藥名詞大概是從陳亞開始的，例如〈生查子．藥名閨情〉：

相思意已深，白紙書難足。字字苦參商，故要檳郎讀。
分明記得約當歸，遠至櫻桃熟。何事菊花時，猶未回鄉曲。

藥名詞最好每句裡面至少有一個藥名，而這首詞就是這樣，裡面共明示暗藏了十種藥名，包括相思、意已（薏苡）、白紙（白芷）、苦參、檳郎（檳榔）、郎讀（狼毒）、當歸、遠至（遠志）、櫻桃、菊花、回鄉（茴香）等，然後組成一首詞。大意是說有一個閨中少婦，思念遠行的良人，便寫信問他，當初不是說好，最晚在櫻桃成熟時（夏季），你就要歸來嗎？為何現在菊花都開了，還不見你回鄉？這首詞，可說將文字遊戲寓於詞中，又能充分表現出女子的相思之情，相當難得。

南宋的大詞人辛棄疾，也寫過藥名詞，例如〈定風波．用藥名招馬荀仲游雨巖。馬善醫〉：

山路風來草木香。雨餘涼意到胡床。泉石膏肓吾已甚。多病。隄防風月費篇章。
孤負尋常山簡醉。獨自。故應知子草玄忙。湖海早知身汗漫。誰伴。只甘松竹共淒涼。

裡面的木香、雨餘涼（禹餘糧）、石膏、吾已（吳萸）、防風、知子（梔子）、子草（紫草）、海早（海藻）、甘松等九種，都是藥名，而像這樣以藥名寫詞的方式，在宋朝時並不少見。

其實，中藥名稱有非常多種，有些也頗具詩意或意義，可說是一種另類的辭典，難怪能拿來寫入這麼多詩詞中。只是，若不細看，有時還真會以為，這些詩詞其實是一張藥方呢！

五十四、一首詞也能成就一段姻緣嗎？

曾和歐陽修共同編撰《新唐書》的宋祁，曾因為詞寫得好，被封上「紅杏枝頭春意鬧尚書」的稱號；也曾因為一首詞，成就了一段姻緣。

宋祁，字子京，有一個也頗具文采的哥哥宋庠，這兩兄弟和蘇軾、蘇轍一樣，是兄弟同時登上進士的。宋祁也跟蘇軾一樣，本來可以得到第一名，（因為原本的榜單是宋祁第一名，宋庠第三），但章獻太后認為，弟弟的名次不該在哥哥之上，所以把宋庠置於第一，宋祁卻變成了第十名。後來，兄弟二人同樣在朝為官，被人家稱為「大宋」、「小宋」。

據說有一次，宋祁經過京中熱鬧的繁臺街，恰巧遇上了從宮內出來的轎子，轎內有個女子，揭開了簾子，說了一聲：「是小宋。」但因為兩人不宜交談，就分開了，宋祁也不知道她是誰。不過這個小小的邂逅，卻令宋祁念念不忘，回去以後，就寫下一首〈鷓鴣天〉：

畫轂雕鞍狹路逢。一聲腸斷繡簾中。身無彩鳳雙飛翼，心有靈犀❶一點通。

金作屋，玉為籠。車如流水馬游龍。劉郎已恨蓬山遠，更隔蓬山幾萬重。

這首詞的上片，就是在回憶當時的狹路相逢，而「身無彩鳳雙飛翼，心有靈犀一點通。」是直接移植了李商隱〈無題〉中的詩句，意指雖然身上沒有彩鳳一般的翅膀，無法飛到你身邊，卻能和你心意相通。下片則寫分離後的情景，「劉郎已恨蓬山遠，更隔蓬山幾萬重。」是移植了李商隱另一首〈無題〉詩中的句子，但李商隱原本是寫「一萬重」，宋祁則改成「幾萬重」。這兩個句子是用了劉晨、阮肇的典故，相傳他們兩人曾經到天台山採藥，遇到了兩個仙女，被邀請至仙洞，半年後，他們回到故鄉，卻發現子孫已經綿延到第七世了，後來他們再度回天台山，但已經找不到仙女。這類遇仙的事情，常被古人比喻成豔遇或男女之情。蓬萊山則因為是仙山，在這裡取代了天台山，是融合了漢武帝欲往蓬萊山求仙不得的典故，比喻成難以到達的地方，也表示因為他不知道這女子是誰，所以要再見到她會非常困難。而宋祁在這裡引用這兩句話，不僅是要以這個典故比擬自己的遭遇，更要借用李商隱在原詩表達的意義：劉郎與仙女分別後，恨他們就像那蓬萊山阻隔甚遠，但我與所思之人的距離，卻又比劉郎與蓬萊山，更隔了幾萬重啊！

這首詞後來傳了出去，且大為流行，還傳到宋仁宗那裡。宋仁宗就詢問宮內的

---

❶古代認為犀牛是一種靈獸，犀角上有白色的線紋，可以相通感應，所以被拿來比喻心意或情意相通，不需多言。

人，有個宮女出來說：「之前我曾在皇上的宴會中服侍過，見皇上宣召翰林學士，聽左右的人說，那就是小宋。後來我偶然在車上看見他，就叫了一聲。」仁宗又宣召了宋祁，態度和緩地跟他說起這件事，宋祁大為惶恐，怕仁宗怪罪，但仁宗只笑著說：「蓬萊山不遠了！」然後，就把那名宮女許配給宋祁了。不過，據說宋祁其實頗為風流，也難怪這樣多情的事，會發生在他身上了。

在宋代，詞寫得好，可以在官場上被提拔，也會被取風雅的綽號，或者是成就一段良緣。從這裡，更能看出詞在宋代有多流行了。

延伸知識

一首詞也可以破壞感情嗎？

陳鵠的《耆舊續聞》曾記載，南宋有個叫作張仲遠的人，他的妻子讀過書，但十分多疑善妒又緊迫盯人，總是懷疑張仲遠不安分守己，若有人寄信給他，這個妻子就會偷偷拆開來看。這樣的「妻管嚴」，張仲遠家中的賓客、朋友都知道得很清楚。

南宋詞曲兼擅的詞人姜夔，曾在張仲遠家作客居住，就想開開他們這對夫妻的玩笑。有一天，他趁張仲遠不在，作了一首〈眉嫵〉，裝作是一名女子寫給張仲遠的詞，裡面有幾句寫著：「信馬青樓去，重簾下，娉婷人妙飛燕。翠尊共款。聽艷歌、郎意先感。便攜手、月地雲階裡，愛良夜微暖。」這樣的內容算尺度不低了，被張仲遠的妻子看到之後，大為生氣，等到張仲遠回家，就不分青紅皂白，對著他斥責。張仲遠不知道發生了什麼事，無從辯起，結果妻子就氣得在他臉上抓出了幾道血痕，害張仲遠久久不敢出門。

這首詞還有一個小題，叫作「戲張仲遠」，可見是有此事的。只能說，這首詞出於姜夔之手，雖然寫得很曖昧，但其實整篇詞還是頗有文采，張仲遠的妻子竟沒有懷疑，一般的女性哪能寫得出這麼好的詞？大概真的是被嫉妒蒙蔽了心智。而一首詞竟能成就姻緣，也能破壞感情，真可說是「水能載舟，亦能覆舟」了。

五十五、宋代的生日歌曲怎麼唱，與現代的有何不同？

現代人過生日，多半是準備一個生日蛋糕，插上蠟燭，然後由親朋好友們一同唱生日快樂歌來慶祝，且唱的生日快樂歌都是固定的。但是在宋朝，生日快樂歌可以有很多種，而且還會有人為你寫一首專屬的生日快樂歌。

慶祝生日的活動，大約是從商朝就開始了，一直維持到現在，上從皇帝，下到平民百姓，都有這樣的風俗。在宋代，皇帝們過大壽的活動也相當風行、熱鬧；到南宋以後，祝壽的活動更多了，貴族、官員、平民百姓等，都不能免俗。當時還相當流行用寫詞來祝壽，因此我們可以看到許多詞人的作品中，都有這類祝壽的壽詞。曲調的選擇和歌詞的內容，都會為了壽星量身訂作。因此，宋代的生日快樂歌，是很多種的，不像今天這麼固定；寫壽詞的對象也有很多種，親朋好友、長官上司、皇帝貴族等都是。

那麼，寫詞祝壽的風氣是怎麼開始的呢？其實，壽詞的大量出現，是在南宋以後，在這之前，只有比較零星的作品。但是，一來，詞本就是歌筵酒席間用來娛樂的，而祝壽的場合，也多半會有宴會，或慶祝的活動，在這樣的狀況下，壽詞自然也就會慢慢出現；二來，由於南宋祝壽活動愈來愈流行，當然也就促成了壽詞的興盛；

三來，祝壽其實也是一種應酬，文人可以藉著祝壽之名，對重要人士歌功頌德、展現文采——尤其是南宋末年，有個權臣叫作賈似道，他很喜歡詞，如果有人詞寫得好，還能獲得他的提拔或賞賜，所以在他八月八號生日時，就會有一堆人寫壽詞給他。基於以上這些原因，壽詞的寫作就愈來愈多了。

在《全宋詞》中，壽詞的總數約占百分之十，也不是個小數目，可是在這麼多的作品中，今天被我們視為經典的卻寥寥無幾，甚至很多人認為，這些壽詞的藝術價值很低。這是為什麼呢？其實，壽詞中常要寫一些長壽、富貴的內容，所以就表面上看，遣詞用字都是文雅的；可是，壽詞中能用的典故，大多就是像彭祖、松柏、龜鶴等，形容詞也差不多就是那些，有時較無新意；或者有些作品只是為了歌功頌德而寫，也比較沒有真摯的情感，常被認為沒有什麼文學價值，只是為了應酬而寫。所以，南宋的沈義父就在他的《樂府指迷》中說：「壽曲最難作，切宜戒『壽酒』、『壽香』、『老人星』、『千春百歲』之類。須打破舊曲規模，只形容當人事業才能，隱然有祝頌之意方好。」可見，壽詞要寫得好，不能過於陳腔濫調，要能根據當事人的情況去寫，但是也要小心不要過於阿諛諂媚，或誇大事實。

不過，還是有寫得很好的壽詞，例如辛棄疾的〈水龍吟．甲辰歲壽韓南澗尚書〉，除了祝壽和讚美壽星韓南澗（韓元吉）之外，也不忘國家大事，對壽星充滿期許，希望他對國家有一番作為，讀起來有別於一般的壽詞，更多了種豪邁激昂，感動人心的力量。

詞也可以用於婚禮嗎？

詞不僅可以祝賀生日，也可以祝賀結婚，只是數量滿少的，不像壽詞那樣多，但是題材卻挺多元，不只是結婚，納妾、入贅等也都可以作詞祝賀。

此外，也有反映當時婚禮習俗的詞，例如王昂寫過一首〈好事近．催妝詞〉：

喜事擁朱門，光動綺羅香陌。行到紫薇花下，悟身非凡客。
不須脂粉涴天真，嫌怕太紅白。留取黛眉淺處，畫章臺春色。

根據宋代孟元老所寫的《東京夢華錄》記載，「催妝」是由男方催促。先是結婚之前，以鳳冠霞披、胭脂花粉等為「催妝禮」送去女方家；結婚當天，男方過去迎娶時，也會作樂催妝，請女生趕快上車或「花檐子」（類似花轎）。催妝是從唐代就有的習俗，且因為這樣，就產生了「催妝詩」，到了宋代，便也延伸出「催妝詞」，成為婚禮中有趣的一環，讓我們能藉此一窺宋代的結婚習俗。

五十六、近代最有名的詞人是誰？

說到毛澤東，大概會先聯想到他曾是權傾一時的中國共產黨主席，或是文化大革命，但其實，他也可以說是近代最有名的一位詞人。

一方面由於毛澤東有幾首出名的詞，一方面因為他在中國的影響力，所以中國有許多毛澤東的詩詞集，一方面因為毛澤東不是所有的作品都有發表。目前大概是中國中央文獻研究室所編的《毛澤東詩詞集》最為完整，裡面共收錄了六十七首詩詞。另外也有不少譯注、賞析，使得他的詞在中國廣為流傳，也曾被翻譯成英文、俄文、日文等。

在他的詞作中，大概是這首〈沁園春．雪〉最為出名：

北國風光，千里冰封，萬里雪飄。望長城內外，惟餘莽莽，大河上下，頓失滔滔。山舞銀蛇，原馳蠟象，欲與天公試比高。須晴日，看紅裝素裹，分外妖嬈。江山如此多嬌。引無數英雄競折腰。惜秦皇漢武，略輸文采，唐宗宋祖，稍遜風騷。一代天驕，成吉思汗，只識彎弓射大雕。俱往矣，數風流人物，還看今朝。

這首詞寫於一九三六年二月，冬季的陝西袁家溝，附近有黃河。當時中日關係緊張，毛澤東率軍抗日，二月天正下著雪，毛澤東見此景象，就寫了此詞，所以開頭三句就是描寫一片銀白的雪景。接下來，則寫長城的內外，只剩下白茫茫的平原，黃河之水也結冰了，不復以往波濤洶湧的樣子。蜿蜒的群山因為被雪冰封，看起來就像銀蛇一樣，丘陵也被白雪覆蓋，像是一群白色的大象在奔馳，這些景象與霧白的天空快要融為一體，好像要和天爭高一樣。若等到晴天，在紅日照耀下，與雪景互相輝映，那景色看起來更加嬌豔美麗。

下片轉為豪氣，國家的江山是那樣的美好，所以自古以來，總引起那麼多英雄爭相逐鹿。但可惜秦始皇與漢武帝，在文才上略差；而唐太宗和宋太祖，文采也略遜於《詩經》的〈國風〉、《楚辭》的〈離騷〉；而一代天驕之子成吉思汗，也只懂得武功。這裡是說秦始皇到宋太祖，於文治方面稍有遜色，而成吉思汗更是不重視。只不過，這些如蘇軾所說的「風流人物」都已逝去，要論英雄，還得看看今朝的人們。

這首詞較有名的地方多集中於下半片，以氣勢取勝，頗有宋代豪放詞的味道，且在電視劇《步步驚心》中也出現過。女主角馬爾泰若曦第一次見康熙時，康熙曾問她為何緊張？是不是因為害怕皇帝？若曦便回答說，因為皇上是一代聖君，所以自己並不怕，只是第一次來到宮中，所以緊張。康熙又接著問，妳怎麼知道朕是聖君？若曦就引用了毛澤東此詞的下半闋，結果獲得康熙的欣賞。也說明了這首詞在中國，是很有知名度的，所以能用在劇情中，不怕觀眾不懂。

延伸知識

宋代以後詞的發展

我們常說「唐詩宋詞」，是因為詩、詞發展到唐代與宋代時，成就最為巔峰和輝煌，但這並不表示唐代以外的人不寫詩，宋代以外的人不寫詞。尤其是詩，在中國各個朝代中，都在文人心中有崇高的地位，所以各朝各代都有人寫詩，只是成就不如唐詩。至於詞，在宋代以後，逐漸沒落，元代則多是曲的天下。雖然，一直到明代，還是有人在寫詞，但是成就無法與宋詞相比。

不過，到了清朝初年，詞卻曾經復興，也出現了不少有名的詞派和詞人，例如陽羨派、浙西派、常州派。約在嘉慶以前，是以陽羨和浙西兩大派為主，陽羨派以陳維崧為代表，繼承了蘇辛的豪放詞風格；浙西派則以朱彝尊為代表，學習的是姜夔的詞風；而嘉慶以後，張惠言為代表的常州詞派興起，提出改善前兩派缺點的理論，注重比興寄託。這三大派在清代的詞壇中，都有重要的影響。此外，還有納蘭性德，雖不歸類在三大派之中，卻也是相當重要的作家，寫過許多膾炙人口的詞作。

詞到了清朝一度復興，除了創作以外，也有不少人致力於研究詞的創作方式，或編選詞集，還有像萬樹的《詞律》、陳廷敬等人的《康熙詞譜》，整理校訂了各種詞牌的平仄，這些都對後人研究詞學或填詞創作有很大的助益。若說詞到現代都還能繼續流傳、受人欣賞，則清朝這些詞人或詞學家，實在是功不可沒。

五十七、為何在宋詞中，「西樓」最常見？而不是東樓、北樓、南樓？

「西樓」在宋詞中，常常被當成一種哀愁的意象，這是因為古人將方位分成東、西、南、北，除了本身所實指的方向之外，往往會與天文、季節等自然事物做對應，而有了方向以外的聯想。所以，我們若要了解「西樓」這詞的意涵，就必先得了解古代時西方是一個怎樣的方位。

首先從方位來說，西邊是日月星辰落下的方位，所以看得見夕陽落下，也看得見月亮西沉。而我們往往會覺得日昇天亮是一天的開始，充滿生機與希望；日落天黑則是一天的結束，也會讓人較為感傷。所以李商隱的〈登樂遊原〉說：「夕陽無限好，只是近黃昏。」太陽落下，總令人聯想到消逝、結束。也因此，西這個方位，自然就染上了這樣的色彩。再者，從季節上來說，東對應的是春天，南對應的是夏天，西對應的是秋天，北對應的是冬天，這與每個季節的風向有關。由於西對應的是秋天，所以西這個字，就容易令人聯想到秋天那種萬物蕭瑟、冷清之感。因此，西樓這個詞，往往產生了較為感傷、寂寞的感覺。若用在詞中，則大多也是為了營造出這樣的氣氛。

所以，像晏殊的〈清平樂〉說：「惆悵此情難寄。斜陽獨倚西樓。」這裡的西樓與夕陽西下結合在一起，就令人有落寞之感。此外，西樓更常與月亮一起出現，如李後主〈相見歡〉：「無言獨上西樓。月如鉤」、周邦彥〈浪淘沙・春景〉：「憑斷雲留取，西樓殘月」、李清照〈一翦梅〉：「雲中誰寄錦書來，雁字回時，月滿西樓」等，都是以西樓和月，去營造出感傷的情境，因為古人經常對著月亮思念故鄉或情人，再與西樓結合的話，更能帶出愁苦之感。此外，西樓往往是能看見月亮落下的地方，所以在西樓望月，也能暗示出因為愁苦所以夜不能寐，在將近天亮的時間還醒著。可見西樓與月，實在是描繪哀愁情感的最佳搭檔。

此外，西樓也常和風雨結合，如晏幾道〈少年游〉：「西樓別後，風高露冷，無奈月分明」、范成大〈惜分飛〉：「重別西樓腸斷否。多少淒風苦雨」等等，因為風雨也常帶有淒苦的意象。而大雁這種候鳥，因為季節而固定往南、往北飛，也會使離開家鄉的人，或思念遠行情人、朋友的人，想到「回家」這件事而引發感傷；且雁常被當作送信的使者，因此雁往往也和「離別」有關，有離別就有離愁，自然和西樓產生了連結。若要加強情緒，則如李清照將西樓、雁、月一同使用，或晏幾道將西樓、風、月結合，也都是深化離愁的方式。

由於宋詞的主題，常與男女情感有關，男女情感中，又經常寫到離情、相思，所以西樓出現的機會，就比其他樓要來得多了。

為何在宋詞中，「東風」比其他的風還常見？

在詞中，春天是很常見的，而春天經常出現的花、細雨、鳥等，往往也都是柔美的，因此很適合出現在婉約的詞中。而詞做為娛賓遣興之用，春天也是適合踏青宴飲的時節，自然就成為了詞常見的題材。此外，春天往往是美好事物或回憶的象徵，詞人藉傷春來哀悼美好事物或回憶的逝去，也是常見的創作方式。

既然春天常見於詞中，那麼與春天密切相關的東風，出場的機會就比其他的風還多了。除了做為春天的景物之一來描寫外，也因其年年都會如期吹起，所以可做為一種「春天已到」的訊息，如歐陽修〈玉樓春〉：「春天本是開花信」、王安中〈蝶戀花〉：「東風約定年年信」。而東風能催生萬物，卻也能在晚春時吹落花朵，所以有了「薄情」的形象，如晏幾道〈好女兒〉：「儘無端、盡日東風惡」、周紫芝〈醉落魄〉：「晚來卷地東風惡」、陸游〈釵頭鳳〉：「東風惡，歡情薄」等。此外，因相思所產生的傷感，也常以東風做為襯托，如張先〈虞美人〉：「一時彈淚與東風。恨重重」、歐陽修〈桃源憶故人〉：「少年行客情難訴。泣對東風無語」等，便是以東風反襯哀傷，藉由對比更顯出人物的愁苦。

五十八、「冰肌玉骨」形容的是哪個美人？

我們常用「冰肌玉骨」來比喻美女的肌膚晶瑩剔透，而最一開始，這句成語是用來形容花蕊夫人的。

花蕊夫人本姓費，原為歌妓，貌美如花，所以被後蜀皇帝孟昶所鍾愛，並賜名「花蕊夫人」，還被封為貴妃。她長於寫詩，並非空有容貌，自然深受寵愛。而後蜀因為地理環境的關係，能夠偏安，不受戰爭的紛擾，孟昶也不是很有作為的皇帝，在暫無憂患的情形下，就經常沉溺於享樂之中。據說孟昶非常怕熱，所以在宮中的摩訶池上，建造了一座水晶宮殿來避暑熱，夏天一到，孟昶與花蕊夫人，就經常待在水晶宮殿中。由於孟昶信佛，宮中便有尼姑，其中有一個朱姓尼姑，曾見孟昶與花蕊夫人在水晶宮避暑時吟詠了一首詞。待到宋亡了後蜀，很多年後，尼姑已高齡九十歲，遇到當時才七歲的蘇軾。她把當年在宮中看到的情景，以及那首詞的內容，都告訴了蘇軾。四十年後，某天蘇軾才把這件事情寫了下來，並改寫了那首詞。

先來看孟昶的原詞〈木蘭花〉：

冰肌玉骨清無汗。水殿風來暗香滿。簾開明月獨窺人，欹枕釵橫雲鬢亂。起來瓊戶啟無聲，時見疏星渡河漢。屈指西風幾時來，只恐流年暗中換。

而蘇軾所作則為〈洞仙歌〉，全詞如下：

冰肌玉骨，自清涼無汗。水殿風來暗香滿。繡簾開、一點明月窺人，人未寢，欹枕釵橫鬢亂。

起來攜素手，庭戶無聲，時見疏星渡河漢。試問夜如何，夜已三更，金波淡、玉繩低轉。但屈指、西風幾時來，又不道流年、暗中偷換。

兩詞相較，看得出來非常相似。上片的詞意大致都是說，花蕊夫人有著晶瑩的冰肌和如玉般的秀骨，即便在炎炎夏日中，依舊能清涼無汗。而在池上的水晶宮中，晚風吹來，充滿了暗暗的香氣。打開繡簾，見天上的明月，彷彿在偷窺著花蕊夫人。她還沒睡著，斜倚著枕頭，寶釵已鬆，鬢髮微亂。而詞的下片寫到孟昶牽著花蕊夫人的玉手，起來散步。此時庭院中安靜無聲，不時能見到天上的流星飛越銀河。但蘇詞又加上「試問夜如何，夜已三更，金波淡、玉繩低轉」，意思是試問現在夜多深了？已是三更天，月光轉淡，玉繩星也轉低了。最後，兩詞的結尾意思也差不多，寫屈指一算，西風何時會來呢？不知不覺中，流水年華又在暗中偷換。

這樣閒適的夏日時光，卻沒有長久。後來宋軍攻入了後蜀，孟昶出降，雖被封為秦國公，遷居到宋的首都汴京，但沒多久就死了。花蕊夫人眼見國破家亡，內心自然悲憤。某日宋太祖召見她，請她作詩，她就當場寫下這樣的詩句：「君王城上豎降旗，妾在深宮哪得知，十四萬人齊解甲，更無一個是男兒。」據說她後來成為了宋太祖的妃子，但對孟昶仍念念不忘，可是過去的美好，只能隨暗中偷換的流年，成為回憶了。

蘇軾雖為豪放詞的始祖，但在他的詞作中，還是有不少婉約詞，這首〈洞仙歌〉就是其中之一。雖然是來自孟昶之詞，但稍加改寫之後，又比原詞更為出色，「冰肌玉骨」的花蕊夫人，也更為出名。

延伸知識

為何形容美女時，喜歡用「冰」、「玉」等字？

古代形容美女的詩詞很多，描述時，皮膚往往是個重點。古時以白皮膚為美，除了像《詩經・衛風・碩人》用「膚如凝脂」，以凝固的油脂比喻皮膚滑嫩柔白之外，最常見的就是以冰雪來形容。最早如莊子〈逍遙遊〉：「肌膚若冰雪。」而後像韋莊的〈菩薩蠻〉（人人盡說江南好），則說：「爐邊人似月，皓腕凝霜雪。」或蘇軾〈洞仙歌〉：「冰肌玉骨」等。因為冰雪不只潔白，還有純淨之感，除了能形容女子的肌膚極美之外，也能更進一步帶出女子光潔、脫俗的形象。這樣的例子，在詩詞中非常多。

此外，肌膚也可以用玉形容，如李煜〈子夜歌〉（尋春須是先春早）：「縹色玉柔擎。」是以玉來形容女子的手白皙柔美。因為玉是一種光滑色白的石頭，同時，古人一直認為，玉的特點除了光亮潔淨之外，也因其摸起來平滑，故有溫潤、溫和之感。這些都和古時對於女性的要求，如「守身如玉」的品格、「溫柔和善」的個性等，有謀合之處。因此，當玉用來形容外表看不見的「骨」時，其實也含有形容女子的內在是溫和純潔的意思。

五十九、宋詞中常見的自然意象有哪些？

意象，其實是一種將自然界或生活中常見的東西，透過作者主觀對它們的感受，或對這個東西本身的特性延伸出來的聯想，而賦予這個東西額外的象徵意義。這樣多半能將較為抽象的情感具體化。同時，意象常見於古典詩詞中，因畢竟詩詞是感性的，要將客觀的事物染上主觀的情感，才具有感動人心的力量。

意象又可以初步分成自然的與人造的，自然界的部分，舉凡日、月、星辰、山、水、季節、鳥、獸、蟲、花、柳等都是；而人造的部分，則城市、建築、器物、衣飾等，也都能夠被賦予某些特殊的意義，或代表某些情感。以下，我們便先從自然界的「月」開始，介紹月在宋詞中的象徵。

首先，詞的風格一開始是較為軟媚的，因此具有陰柔感的月，自然較為常見，而其所牽涉的象徵意義，也多和「思念」或「陰冷」的情感有關。以「思念」來說，就有思鄉、思念親友、戀人等，所以月經常會出現在這類作品中。以思鄉來說，最有名的例子是唐詩中李白的〈靜夜思〉：「床前明月光，疑是地上霜。舉頭望明月，低頭思故鄉。」以月來表示思鄉之情，是古典詩詞中非常常見的方式，所以宋詞中也有范仲淹的〈蘇幕遮〉：「明月高樓休獨倚，酒入愁腸，化作相思淚。」正是以月來訴說鄉情；

除了思鄉，也可以是對親友的懷念，如蘇軾的〈水調歌頭．丙辰中秋，歡飲達旦，大醉，作此篇，兼懷子由〉：「但願人長久，千里共嬋娟。」正是藉由月來表達思念兄弟之情，而希望和他分隔兩地的蘇轍，也能共賞美麗的明月；再者，蘇軾也寫過哀悼原配王弗的〈江城子．乙卯正月二十夜記夢〉：「料得年年斷腸處，明月夜，短松崗。」則是以月做為思念妻子的象徵。又或者像張仙的〈南鄉子〉：「今夜相思應看月，無人。露冷依前獨掩門。」亦是以月象徵對戀人的相思。

然而，為何月常用來象徵思念呢？因為古時候的通訊，不像今天這麼發達，一旦分隔兩地，要互通音信就不是那麼容易、頻繁，只能靠著雙方都能看見、又能長久凝視的月亮，來做為一種「此刻對方也在望著月亮思念著我吧」的安慰。再來，就像蘇軾說的：「月有陰晴圓缺。」滿月時可以讓人聯想到圓滿、團圓，但缺月時，也就容易令人想到不圓滿與分離了，所以一旦分離，滿月看起來便令人觸景傷情。如晏殊〈鵲踏枝〉說的：「明月不諳離恨苦。斜光到曉穿朱戶。」缺月則令人更加淒涼悲哀；像柳永的〈雨霖鈴〉：「今宵酒醒何處，楊柳岸、曉風殘月」、周邦彥的〈浪淘沙〉：「嗟萬事難忘，唯是輕別。翠尊未竭。憑斷雲留取，西樓殘月」等，都是以殘缺之月象徵離別的寂寞。缺月也可以象徵淒涼、寂寞之情，如蘇軾的〈卜算子〉：「缺月掛疏桐」，就以缺月象徵自己被貶黃州的淒涼，也更加深了詞人在心情、處境上的陰冷感。

此外，月也可以象徵美人，在熱切的愛情中，月也會出現做為圓滿、美好的象徵，也難怪月在古典詩詞中，經常會出現，正是因為它可以有諸多意義的緣故。這也說明了意象的象徵意義是不斷流動、變化的，進而使作品的情感更加具體、豐富的呈現出來。

延伸知識

宋詞中「水」的意象

詞人寫水的時候，經常就河流、江水這樣恆常而又流動的特徵，來代表某些情感或道理。最有名的例子大概是李後主的〈虞美人〉：「問君能有幾多愁，恰似一江春水向東流。」這是以源源不絕的水流，做為「無止盡」的象徵。所以柳永〈八聲甘州〉：「唯有長江水，無語東流。」也正是這樣的意思，藉由不斷流去的水，具體化了自己的哀愁也是無止盡的。

水既然是無止盡的流去，自然也讓人聯想到一去不復返的概念，像蘇軾〈念奴嬌・赤壁懷古〉說：「大江東去，浪淘盡、千古風流人物。」江水東流是恆常不變的，也像時間、歷史一樣，不可回頭，所以多少英雄豪傑去了，就再也回不來了。這裡象徵了一種時間的流逝，同時，也做為人生短暫與江河長久不衰的對比，使讀者更具體感受到歷史洪流的巨大。

此外，水也可以做為一種「阻礙」，像〈古詩十九首．迢迢牽牛星〉說：「盈盈一水間，脈脈不得語。」藉銀河做為牛郎、織女間情感的阻礙。這樣的概念後來也化用在詞中，例如利登〈風流子〉：「如今知何處，三山遠，雲水一望迢迢。」就是以雲、水的遙遠，做為現實與情感上的雙重阻礙。像戲劇《還珠格格》中的插曲，由瓊瑤作詞的〈山水迢迢〉：「山也迢迢，水也迢迢，山水迢迢路遙遙。」也是異曲同工之妙。

六十、宋詞中常見的人造意象有哪些？

北宋初期以前的詞，往往多以艷情為主題，並將描寫的重點放在女性身上。而女性生活的地方，常只在閨閣之中，因此閨閣中的物品，像簾、香爐、蠟燭等等，就常因為作者所要營造的氣氛、詞境，被用來當作意象使用，並依主題的不同，呈現出不同的象徵意義。

首先，「簾」是宋詞中非常常見的意象，通常是做為阻隔、屏擋之用，常見於較為私密的內室，特別是女性的閨房，讓女性生活在其中時，不輕易被人所看見，所以簾就成了阻隔的象徵，如張元幹的〈柳梢青〉：「入戶飛花，隔簾雙燕，有誰知得。」再進一步來說，簾更可象徵女子心情上的封閉，如張先〈醉桃源〉：「開花取次宜。隔簾燈影閉門時。此情風月知」、歐陽修〈蝶戀花〉：「楊柳堆煙，簾幕無重數。」都是透過簾來寫女子生活的封閉，進而帶出心也是封閉的。畢竟古代的女子，不像現代一樣，能輕易出門、四處遊走，生活受到限制，自然心情上也是如此。因此，用「簾」這個意象，很能概括說明這些受限女子的情況，同時也能象徵心境上的封閉，然後帶出孤獨、寂寞之感。

至於香爐，多為薰香之用，除了替房間增添香氣，敬神禮佛時也會用到。而香爐的造型多變，放在房中也能做為擺飾，且香爐多半是富貴人家在使用的，因此可藉以烘托出富貴之感。如歐陽修〈漁家傲〉：「紅爐畫閣新裝遍。錦帳美人貪睡暖」、〈洛陽春〉：「紅紗未曉黃鸝語。蕙爐銷蘭炷。錦屏羅幕護春寒，昨夜三更雨」等，都呈現出一幅富貴、華麗的閨閣女子圖像。再來是焚香時，煙霧會從爐中緩緩飄出，繚繞於室內，這提供了嗅覺與視覺的雙重感受，而使某些情感或氛圍被烘托出來，例如趙長卿〈浣溪紗〉：「金獸噴香瑞靄氛。夜涼如水酒醺醺。照人嬌眼媚生春。」是以爐煙創造出浪漫旖旎的感覺。這在描寫閨中豔情的詞裡，也是常見的意象。

香爐或爐煙一方面可以帶出香軟、濃豔的感覺，但另一方面，也可用香爐冷卻、煙霧熄滅等，帶出淒涼哀傷之感，所以寫閨怨的詞中亦常出現。像石孝友的〈醉落魄〉：「醉衾不暖爐煙溼。一簾暝色人孤寂」、李清照〈念奴嬌〉：「被冷香消新夢覺，不許愁人不起」、〈浣溪紗〉：「瑞腦香消魂夢斷，辟寒金小髻鬟鬆。醒時空對燭花紅」等，來象徵女子情感上的意興闌珊、寂寞愁苦。

至於蠟燭，也和香爐有異曲同工之妙，一方面可以用於寫豔情，如歐陽修的〈憶秦娥〉：「展香裀，帳前明畫燭。眼波長，斜浸鬢雲綠。」寫的是春宵的情景。但蠟燭燃燒時會產生蠟液，看起來像眼淚的形狀，所以晏殊〈撼庭秋〉：「念蘭堂紅燭，心長焰短，向人垂淚」，或柳永〈臨江仙〉：「奈寒漏永，孤幃悄，淚燭空燒」等，則是藉燭淚來象徵人因思念所流下的眼淚。

宋詞中「欄杆」的意象

有一種意象，較不受限於詞的主題，無論是寫男女情感、懷念家鄉、抒懷言志，都可能會出現這一個意象，那就是「欄杆」。

欄杆（或作闌杆）是一種做為阻隔、保護之用的建築，往往出現於迴廊、水邊、庭園等處，更常見於高樓之中。高樓上的欄杆，雖一開始是做為保護之用，但後來因為人們喜歡「登高遠望」，於是逐漸延伸出「憑欄」、「倚欄」的動作，也就賦予了欄杆額外的意義。首先，是良人遠行的女子，因為期盼著對方回來，所以想登高遠眺，看看是否可以見到良人回來的蹤跡；而獨自立於高樓上的欄杆，本身就帶有一點孤獨的感覺，與既寂寞又熱切盼望的女子形象，是相當映襯的，故描寫這類情感的詞作中，往往會出現這類意象。如晏殊〈鳳銜杯〉：「獨憑朱闌、愁望晴天際。空目斷、遙山翠。彩箋長，錦書細。誰信道、兩情難寄」、周邦彥〈燭影搖紅〉：「憑闌干、東風淚滿」、李清照〈點絳唇〉：「倚遍闌干，祇是無情緒。人何處。連天衰草，望斷歸來路」等，都是透過獨倚欄杆，來帶出思念的愁緒。

不過，不只相思時會憑欄遠望，懷鄉也會，如柳永〈八聲甘州〉：「不忍登高臨遠，望故鄉渺邈，歸思難收。……爭知我、倚闌干處，正恁凝愁。」再來，自靖康之難以後，昔日北宋的山河，已為金所有，因此也不少愛國心切的人，登高憑欄，遠望故土，抒發喪國之痛。如岳飛〈滿江紅〉：「怒髮衝冠，憑闌處、瀟瀟雨歇」、辛棄疾〈水龍吟．登建康賞心亭〉：「把吳鉤看了，欄干拍遍，無人會、登臨意」等，也是透過高而孤獨的欄杆，來訴說難以被人理解的苦痛，或帶出高遠的志向。

所以，欄杆也是隨著憑欄之人的心情，被賦予了形象之外的意義。

附錄一：填詞詞譜（現代版）

古代倚聲填詞，其實和今天的流行歌詞，有很大的共通處。在今天的流行歌曲中，也有很多是先有曲後，作詞者再依音樂寫出歌詞的。古時填詞，每個詞牌都有定式，字數、句數、平仄、韻腳等都有較為制式的規定，但在現代流行歌曲中，只要能配合音樂，以上這些都沒有硬性的規定。所以在學古人填詞之前，或許可以先來試試我們比較熟悉的現代歌曲，練習將其改寫或重填。

改寫或重填現代流行歌曲中，比較要注意的是押韻，不用每句都押，但最好是每兩句就要押一次。通常以押同一韻母的字為主，但有時相近的發音也可以用來押韻，如「因」、「英」，「棄」、「去」等，雖然韻母不同，但音近，所以也可以通押（在古時也常有類似情形，特別是受方言影響，所以有的詞人押韻時，有時也會拿不同韻部的字來通用）。此外，如果歌詞較長，或者希望變化較多，便也可以「換韻」，例如第一段押「ㄢ」韻，第二段改押「ㄤ」韻；或本來押「ㄛ」韻，後來改押「ㄞ」韻等，總之，現代流行歌曲的押韻，是可以較多自由變化的。接著，雖然現代流行歌曲不規定平仄，但是填詞時，還是要多注意字音與旋律是否協調，甚至可唱一遍確認是否順口，以避免難唱、拗口的情形發生。

至於題材方面，流行歌曲雖以愛情為大宗，舉凡熱戀、失戀、單戀、結婚等，都是可以寫的部分，但是也不一定要拘泥在愛情方面，友情、親情、生活感觸等感性的部分，甚至歷史、新聞事件、故事等，都可以做為題材。選定好題材以後，再來想結構的問題。流行歌曲一般分成主歌、副歌兩大部分，初學者可先從這兩部分去想如何安排。主歌可以做鋪陳，然後在副歌部分更加強調出主題，並由主題延伸出比較引人注意的詞句，來加強聽者的印象，這樣整首歌的層次也會比較鮮明。

現在，我們以周杰倫作詞作曲的〈蝸牛〉做為練習，原歌詞如下：

該不該擱下重重的殼　尋找到底哪裡有藍天
隨著輕輕的風輕輕的飄　歷經的傷都不感覺疼
我要一步一步往上爬　等待陽光靜靜看著它的臉
小小的天有大大的夢想　重重的殼裹著輕輕的仰望
我要一步一步往上爬　在最高點乘著葉片往前飛
小小的天流過的淚和汗　總有一天我有屬於我的天

我要一步一步往上爬　在最高點乘著葉片往前飛
任風吹乾　流過的淚和汗
我要一步一步往上爬　等待陽光靜靜看著它的臉
小小的天有大大的夢想　我有屬於我的天

接著，請選好想寫的題材，一邊聽其旋律，一邊試著將歌詞改填。

●主歌（總共四句）：

●副歌（共分四段，基本上每段都是四句，但可以做一點不同的變化）：

小提醒：可以注意的是，原歌詞中的副歌，每段都會重複「我要一步一步往上爬」，這就是由主題延伸出、並引人注意的詞句，讓聽眾容易記得，不僅呼應了歌名

「蝸牛」，也強調出「努力向上」的意涵。所以在改寫、重填時，也可以仿照這個方式，點出歌詞中應該最強調的句子，最好這句也是歌詞中寫得最好的一句。

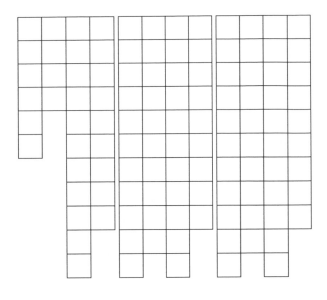

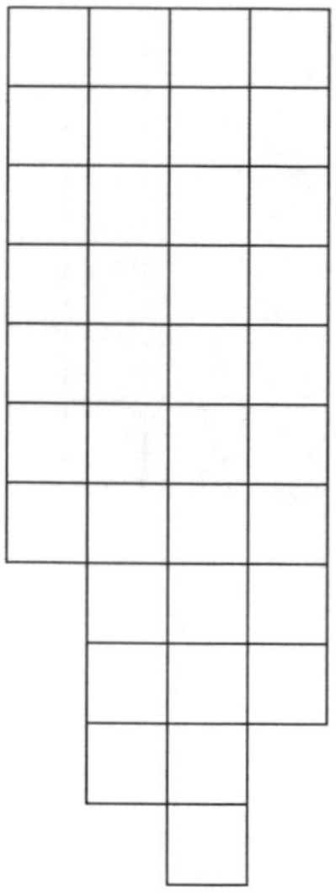

填好了嗎？這首歌因為結構比較簡單，歌詞也不長，所以可做為入門的練習。挑戰成功後，便可以再選你喜歡的歌曲，練習歌詞更長、結構也有較多變化的部分。如此一來，說不定你也可以成為下一個作詞高手！

附錄二：填詞詞譜（古典版）

填詞需知

若有興趣填詞的話，首先要了解其規則。由於詞的音樂今天多已遺失，所以無法真正做到「倚聲填詞」，但像清代萬樹所編的《詞律》，或陳廷敬等人編的《康熙詞譜》，都已整理出許多詞牌，告訴填詞者平仄與用韻的方式，所以，下面將列出六個較為常見的詞牌，列出平仄與韻腳，供有興趣的讀者填詞。

但要注意的是，所謂平仄，即古代聲韻中的平聲與仄聲，平聲包含了陰平、陽平，仄聲則包含上（ㄕㄤˇ）、去、入聲等。大致來說，今天國語中的一、二聲字多為平聲，三、四聲則多為仄聲，入聲字則比較特別，古代這類的字，發音多為短、急促的方式，但今天國語中，已無入聲，且古時的入聲字在今天的國語中，一、二、三、四聲中，都可能出現。所以，若讀者接下來想要填詞，可以先初步用國語的聲調來當作平、仄的判斷，而若會使用方言，如閩南語、客家語的話，亦可將字轉為方言來唸唸看，對於平仄的判斷會更加精確，而某字若轉成方言來唸，其發音是短而急的話，則多半為入聲字。如果要進階一點，一定要確定此字的平仄為何，則可以查清代戈載的

《詞林正韻》，這是專門為詞的用韻做分類整理的工具書，也可判斷平仄。

再來是押韻的問題，此處較為複雜。現代流行歌曲或新詩中的押韻，只要是韻母相同，不論聲調是一、二、三、四聲，都可以算押韻；但詞的押韻，還會分平聲韻和仄聲韻，若這個詞牌規定要押平聲韻，就不可用仄聲韻，反之亦然；但有時也會有平、仄聲韻都可在同一首詞中轉換使用，這就要看詞牌的規定。所以，在填詞之前，要知道該詞牌對於韻腳的規定，然後再查詢《詞林正韻》。這本書將韻分成十九部，前十四部中，每部又分平、上、去，後五部則為入聲韻（專門給填「雨霖鈴」、「蘭陵王」等最好用入聲韻的詞牌時查詢使用）。押韻時，只要是在同一部中，又同一聲調的字，都可以做為韻腳。例如某一詞牌規定押平聲韻，假定填詞者選了第一部中的韻來使用，則第一部中平聲的韻有「東」、「冬」，東韻下有通、同、童、紅、匆等字；冬韻下有儂、鬆、農等字，則以上這兩個平聲韻中所列出的字，都可以做為韻腳，也就是通押。但是第一部中還有上聲的「董」、「腫」，去聲的「送」、「宋」等，這些仄聲韻底下的字，就不可以做為韻腳了，除非是詞牌中有平、仄韻通押、轉換的規定，那麼，只要是第一部中的韻腳就都可以通用。反之，若詞牌規定押仄聲韻，那麼上聲的「董」、「腫」，去聲的「送」、「宋」兩韻也都可通押。需注意的是，仄聲韻中只有上、去兩聲可以通押，入聲韻雖然也是仄聲，卻不能與之通押，是另外獨立出來的。

這十九部韻，是戈載根據前人所填之詞歸納出來的，但其實前人填詞時，並沒有一套硬性規定的韻書或規定做為依據，可能依據詩韻，也可能依詞人自己的習慣使用，所以《詞林正韻》不見得能涵蓋所有的詞韻。此外，現代也有陳滿銘、王熙元、陳弘治所編的《詞林韻藻》，是根據《詞林正韻》的分類，再刪去一些較為冷門的字，然後每一韻字下面，又羅列出唐宋詞人押此字的佳句，供填詞者觀摩，也是一本很有用的填詞參考書。

當然，若對平仄、押韻很不熟悉，則可上網搜尋「『倚聲填詞』格律自動檢測索引教學系統——網路展書讀」，找到要填的詞牌及要使用的韻部後，輸入創作的詞句，系統便會幫忙判斷有無不合平仄、用錯韻腳的地方，非常方便。

自然，身為現代人，所使用的語言多半為國語，所以想要用現代的語言判別平仄，並以現代四聲皆可通押韻的方式來填詞，也未始不可。但這一套填詞方式畢竟是古人所歸納出來的，按照古法來填，還是較不容易失去詞的原汁原味，也不會讓詞跟新詩、流行歌曲的界線混淆。不過，在盡量合乎格律的狀況下，適時使用現代才有的詞語，也可使創作增加活潑性和方便性，這是可以大膽嘗試的。

詞譜說明

以下詞譜之詞牌，為宋人較常使用的。每一詞牌下，會先介紹格律（主要參考龍沐勛的《唐宋詞格律》)，然後列出較著名且格律標準的詞作，以供參考。再來就列出此一詞牌的平仄規定，和該押韻的地方，並在旁邊列有空格，供讀者填詞創作。

「—」符號表示該處要填平聲字，「|」表示該處要填仄聲字，「+」則表示該處可平可仄。遇有標示「韻」字時，則表示該處要押韻，使用的標點符號是句號；「句」則表示該處不需押韻，使用逗號；「豆」則表示該處在句中稍有停頓，要使用頓號。

請見下面範例：

+ | — —（句）— + |（豆）+ — + |（韻）

怒	髮	衝	冠	，	憑	闌	處	、	瀟	瀟	雨	歇	。

開始填詞

1、浣溪沙

● 詞牌介紹：

「浣溪沙」是宋人填詞時，使用率最高的詞牌。上下片都各三句，每句七個字。押平聲韻，上片三句都要押，下片則第一句不用，餘兩句要押。通常在第二片的前兩句，要使用對偶。以字數來說，屬於小令，較適合初學者填詞。

●範例：

—晏殊

一曲新詞酒一杯。去年天氣舊亭臺。夕陽西下幾時迴。
無可奈何花落去，似曾相似燕歸來。小園香徑獨徘徊。

—秦觀

漠漠輕寒上小樓。曉陰無賴似窮秋。淡煙流水畫屏幽。
自在飛花輕似夢，無邊絲雨細如愁。寶簾閒掛小銀鉤。

●格律：

＋｜＋—＋｜—（韻）＋—＋｜｜——（韻）＋—＋｜｜——（韻）

＋｜＋——｜｜（句）＋—＋｜｜——（韻）＋—＋｜｜——（韻）

2、江城子

●詞牌介紹：

此詞牌又有別名叫「江神子」，本來只有一片，七句三十五字，押五平韻，通常在最後兩句是各三言的句子，也有人將之變為一句七言的句子。這大抵是因為詞配樂歌唱時，多一字或少一字，還是可以配合旋律的，所以詞人填詞時，有時也會像這樣增添字數，稍作變化。而這個詞牌到了宋代，宋人開始會再重複一次，於是就變成了兩片，共七十字。練習填此詞牌時，可先從一片開始填起，再循序漸進，練習兩片的形式。

●範例：

—韋莊

髻鬟狼籍黛眉長。出蘭房。別檀郎。角聲嗚咽，星斗漸微茫。露冷月殘人未起，留不住，淚千行。

—歐陽炯

晚日金陵岸草平。落霞明。水無情。六代繁華，暗逐逝波聲。空有姑蘇臺上月，如西子鏡照江城。

—蘇軾（乙卯正月二十日夜記夢）

十年生死兩茫茫。不思量。自難忘。千里孤墳，無處話淒涼。縱使相逢應不識，塵滿面，鬢如霜。

夜來幽夢忽還鄉。小軒窗。正梳妝。相顧無言，惟有淚千行。料得年年腸斷處，明月夜，短松岡。

●格律：

＋—＋｜｜——（韻）｜——（韻）｜——（韻）＋—＋｜（句）

＋｜｜——（韻）＋｜＋——｜｜（句）—｜｜（句）｜——（韻）

＋—＋｜｜——（韻）｜——（韻）｜——（韻）＋—＋｜（句）

＋｜｜——（韻）＋｜＋——｜｜（句）—｜｜（句）｜——（韻）

3、水調歌頭

●詞牌介紹：

「水調歌頭」在宋代也是常用的詞牌。分成兩片，上片九句，下片十句，全詞一共九十五字。一般來說，是上下片各押四平韻，但也可以有些變化。如蘇軾的〈水調歌頭〉，在上片第五、六句的「去」、「宇」又夾押了仄韻；在下片第六、七句的「合」、

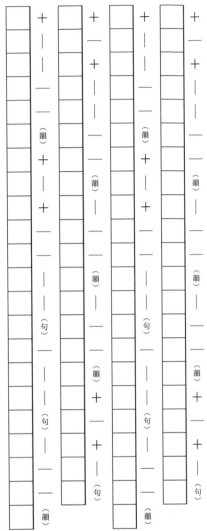

「缺」，也是一樣的情形（合、缺雖不在同一韻部，但詞的押韻本就不如詩韻來得嚴格，所以有的詞人只求唱時順口即可，或者因為方言之不同，所以發音相近的韻有時也可以跨部通用）。畢竟詞與音樂是息息相關的，一開始也沒有正式、嚴格的規定，所以變化也就比較多了。

此外，蘇軾的〈水調歌頭〉曾被譜上現代流行歌曲的旋律，也就是鄧麗君、王菲都曾唱過的〈但願人長久〉，所以在填「水調歌頭」這一詞牌時，也可以參考〈但願人長久〉的旋律，一邊聽一邊填，想必會更有古人「倚聲填詞」的氛圍。

●範例：

—毛滂

九金增宋重，八玉變秦餘。千年清浸，先淨河洛出圖書。一段昇平光景，不但五星循軌，萬點共連珠。垂衣本神聖，補袞妙工夫。

朝元去，鏘環佩，冷雲衢。芝房雅奏，儀鳳矯首聽笙竽。天近黃麾仗曉，春早紅鸞扇暖，遲日上金鋪。萬歲南山色，不老對唐虞。

—蘇軾（丙辰中秋，歡飲達旦，大醉，作此篇兼懷子由）

明月幾時有，把酒問青天。不知天上宮闕，今夕是何年。我欲乘風歸去，又恐瓊樓玉宇，高處不勝寒。起舞弄清影，何似在人間。

轉朱閣，低綺戶，照無眠。不應有恨，何事長向別時圓。人有悲歡離合，月有陰晴圓缺，此事古難全。但願人長久，千里共嬋娟。

●格律：

＋｜｜——｜（句）＋｜｜——（韻）

＋—＋｜—＋（句）＋｜｜——（韻）

＋｜——＋｜（句）＋｜——＋｜（句）＋｜｜——（韻）

＋｜｜—｜（句）＋｜｜——（韻）

＋＋＋（句）＋＋｜（句）｜——（韻）

＋—＋｜（句）—＋—｜｜——（韻）

＋｜——＋｜（句）＋｜——＋｜（句）＋｜｜——（韻）

＋｜＋—｜（句）＋｜｜——（韻）

4、滿江紅

●詞牌介紹：

前面所介紹的詞牌都是屬於「平韻格」，也就是押韻都是平聲韻，接下來「滿江紅」這個詞牌，則是處於「仄韻格」，也就是押仄聲韻。「滿江紅」一樣是分成兩片，上片八句，押四仄韻，下片十句，押五仄韻，一般多以入聲韻為主，一共九十三字。這個詞牌被認為是「聲情激越」，所以適合用來抒發比較豪放的情感，如岳飛著名的〈滿江紅〉就是一例。另外，也有姜夔所改創的平韻格。由於「滿江紅」的格律有較多變化，以下的填詞詞譜僅附一般所認為的正格，而姜夔所作的平韻格，則放於範例中以供參考。其他如增加襯字的格式，可再參考《康熙詞譜》。

●範例：

—柳永

暮雨初收，長川靜、征帆夜落。臨島嶼、蓼煙疏淡，葦風蕭索。幾許漁人飛短艇，盡載燈火歸村落。遣行客、當此念回程，傷漂泊。

桐江好，煙漠漠。波似染，山如削。繞嚴陵灘畔，鷺飛魚躍。遊宦區區成底事，平生況有雲泉約。歸去來、一曲仲宣吟，從軍樂。

—岳飛（寫懷）

怒髮衝冠，憑闌處、瀟瀟雨歇。抬望眼、仰天長嘯，壯懷激烈。三十功名塵與土，八千里路雲和月。莫等閒、白了少年頭，空悲切。

靖康恥，猶未雪。臣子恨，何時滅。駕長車踏破，賀蘭山缺。壯志饑餐胡虜肉，笑談渴飲匈奴血。待從頭、收拾舊山河，朝天闕。

—姜夔（平韻格）

仙姥來時，正一望、千頃翠瀾。旌旗共、亂雲俱下，依約前山。命駕群龍金作軛，相從諸娣玉為冠。向夜深、風定悄無人，聞佩環。

神奇處，君試看。奠淮右，阻江南。遣六丁雷電，別守東關。應笑英雄無好手，一篙春水走曹瞞。又怎知、人在小紅樓，簾影間。

● 格律：

＋｜——（句）—＋｜（豆）＋—＋｜（韻）—｜｜（豆）｜——｜（句）

｜—＋｜（韻）＋｜＋——｜｜（句）＋—＋｜——｜（韻）

＋＋＋（豆）＋｜｜——（句）——｜（韻）

＋＋｜（句）—｜｜（韻）—｜｜（句）——｜（韻）｜——＋｜（句）

｜——｜（韻）＋｜＋——｜｜（句）＋—＋｜——｜（韻）

＋＋＋（豆）＋｜｜——（句）——｜（韻）

5、菩薩蠻

●詞牌介紹：

這個詞牌又別名「子夜歌」或「重疊金」。分成兩片，上下片皆為四句，各先押兩仄韻，再壓兩平韻，共四十四字。像這樣的押韻方式，又稱為「平仄韻轉換格」，也就是說，平、仄韻在轉換時，可以換不同韻部的韻腳，用韻上會比較自由。

另外，在戲劇《後宮甄嬛傳》中，有將溫庭筠之〈菩薩蠻〉譜成歌曲，所以填此詞牌時，也可一邊參考此歌曲的旋律，一邊進行填詞。

●範例：

—李白

平林漠漠煙如織。寒山一帶傷心碧。暝色入高樓。有人樓上愁。

玉階空佇立。宿鳥歸飛急。何處是歸程。長亭更短亭。

—溫庭筠

小山重疊金明滅。鬢雲欲度香腮雪。懶起畫蛾眉。弄妝梳洗遲。

照花前後鏡。花面交相映。新帖繡羅襦。雙雙金鷓鴣。

●格律：

＋—＋｜——｜（仄韻）＋—＋｜——｜（協仄）

＋｜｜——（換平韻）＋——｜—（協平）

＋——｜｜（仄韻）＋｜——｜（協仄）

＋｜｜——（換平韻）＋——｜—（協平）

6、西江月

●詞牌介紹：

此詞牌又有別名為「步虛詞」、「江月令」。分上下片，上下片各四句，上下片都各押兩平韻，最後一句押仄韻。但這個詞牌是「平仄通協格」，也就是說，與前面的「平仄韻轉換格」不同，「平仄通協格」雖有平、仄韻之轉換，但不管押平還是仄韻，都要在同一韻部中，所以用韻上不如「平仄韻轉換格」自由，但是比一般的平韻格或仄韻格要來得寬鬆些。

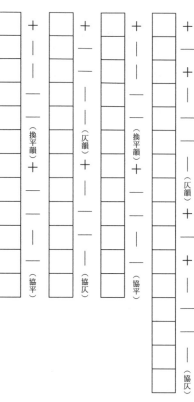

●範例：

—柳永

鳳額繡簾高卷，獸鐶朱戶頻搖。兩竿紅日上花梢。春睡懨懨難覺。
好夢狂隨飛絮，閒愁濃勝香醪。不成雨暮與雲朝。又是韶光過了。

—辛棄疾（夜行黃沙道中）

明月別枝驚鵲，清風半夜鳴蟬。稻花香裡說豐年。聽取蛙聲一片。
七八個星天外，兩三點雨山前。舊時茅店社林邊。路轉溪橋忽見。

●格律：

＋｜＋——｜（句）＋—＋｜——（平韻）＋—＋｜｜——（協平）

＋｜——＋｜（協仄）

＋｜＋——｜（句）＋—＋｜——（平韻）＋—＋｜｜——（協平）

＋｜——＋｜（協仄）

宋詞背後的祕密

作　　者——林玉玫
封面設計——呂德芬
編　　輯——鄭襄憶、洪禎璐
業務發行——王綬晨、邱紹溢、劉文雅
行銷企畫——黃羿潔
副總編輯——張海靜
總 編 輯——王思迅
發 行 人——蘇拾平
出　　版——如果出版
發　　行——大雁出版基地
地　　址——新北市新店區北新路三段 207-3 號 5 樓
電　　話——02-8913-1005
傳　　真——02-8913-1056
讀者服務信箱 E-mail——andbooks@andbooks.com.tw
劃撥帳號——19983379
戶　　名——大雁文化事業股份有限公司
出版日期——2023 年 11 月二版
定　　價——400 元
I S B N——978-626-7334-55-3

歡迎光臨大雁出版基地官網
www.andbooks.com.tw
訂閱電子報並填寫回函卡

國家圖書館出版品預行編目（CIP）資料

宋詞背後的祕密：唱情歌、論時政，宋代文青的面貌，原來藏在宋詞裡！/ 林玉玫著 . -- 二版 . -- 新北市：如果出版：大雁出版基地發行，2023.11
面；　公分
ISBN 978-626-7334-55-3(平裝)

1.CST: 宋詞 2.CST: 詞論 3.CST: 問題集

820.9305　　112018547

如果